음악의 신 11

이창연 장편소설

초판 1쇄 찍은 날 | 2017년 10월 18일
초판 1쇄 펴낸 날 | 2017년 10월 25일

지은이 | 이창연
펴낸이 | 예경원

기획 | 위시북스
편집책임 | 이규재
편집 | 이즈플러스

펴낸곳 | 예원북스
등록번호 | 제396-2012-000132호
등록일자 | 2012. 7. 25
KFN | 제1-156호

주소 | 경기도 고양시 일산동구 호수로 646-24 위너스21 II 빌딩 206A호 (우)10401
전화 | 031-819-9431 팩스 | 031-817-9432
E-mail | yewonbooks@naver.com

ISBN 979-11-6098-464-4 04810
    979-11-5845-408-1 (set)

음악의 신

이창연 장편소설

WISHBOOKS MODERN FANTASY STORY

11

CONTENTS

음악의 신

1화
졸업식, 마음을 새롭게

"파트…… 너?"

─캐리 크라우디아가 5월부터 7월까지 전미투어를 한다는 군. 그때 부를 타이틀곡, 'Coming'을 함께 출 여자 댄서를 구한다는 공고가 올라왔어.

"잠깐, 댄서? 그것도 5월부터 7월?!"

멈칫했던 주아의 목소리가 크게 높아졌다.

"오빠, 그때면 나도 활동해야지. 그리고 댄서라니. 오빠는 내 위치를 잘 알면서 그런 말을 해?"

─그래봐야 미국에서는 생판 신인이잖아. 댄서라는 위치를 가리면 안 되지. 그리고 당장의 이익 때문에 시간 투자를 망설이는 것도 곤란하지 않을까?

"그건……."

모두 맞는 말이었다.

거침없는 일침을 맞은 주아는 꿀 먹은 벙어리가 되어 버렸다.

－주아야. 네가 아시아에서 최고라고 해도 여기서는…….

"나도 알아, 안다고. 오빠가 그렇게까지 말 안 해도 잘 알아."

자존심이 제대로 꺾여 버린 주아는 전화기에 대고 연신 투덜거렸다.

사방에 퍼지는 큰 목소리에 사람들이 이상한 동양인이라며 눈짓을 보냈지만, 그녀의 눈에는 아무것도 들어오지 않았다.

"오빠가 나한테 그러면……."

－안 된다고? 하하하. 하여간, 이럴 때 보면 너도 천생 여자라니까.

"오빠!"

주아가 앙칼지게 소리쳤지만 강윤은 아랑곳하지 않고 차분히 말했다.

－연주아. 초심을 찾아.

"으……."

할 말이 없었다.

바닥부터, 처음부터라며 마음을 단단히 먹는다고 몇 번이나 되새겼지만 초심으로 돌아가기란 쉽지 않은 모양이었다.

주아는 결국 힘없이 고개를 떨어뜨리고 말았다.

―생각 정리하면 집으로 와. 알았지?

"……알았어."

통화가 끝나고, 주아는 힘없이 핸드폰을 주머니에 넣었다.

'쳇. 화나네. 얄미운 말만 골라서…… 쳇. 어떻게 맞는 말만 골라서 찔러대냐.'

자리에 없는 강윤을 향해 연신 투덜대던 주아는 얼굴을 찌푸리며 로비를 나섰다.

12월부터 2월까지는 공연업계가 가장 바쁜 시기다.

공연이 가장 많은 시기, 그에 따른 일들이 매우 많은 시기이기 때문이다.

그렇기에 국내 제일의 공연 조명 전문회사 엘인조명도 휴일 없이 매우 바쁜 시간을 보내고 있었다.

"그날 폴인이 공연한 다음 날은……."

엘인조명 사장실.

사장 강인수는 2월을 넘어 3월까지 꽉꽉 들어찬 스케줄 표를 보며 흐뭇한 미소를 짓고 있었다.

"크하하하. 이렇게만 된다면 얼마나 좋아."

사업이 잘되니 그의 마음은 흐뭇했다. 매일이 성수기 같으면 좋겠지만, 항상 그렇지 않다는 게 문제였지만.

강인수 사장이 서류에 사인을 하려는데 전화기가 울렸다.

─사장님, 손님 오셨습니다.

여비서의 안내를 받으며 들어선 작은 키의 중년 남자는 근엄한 얼굴로 강인수 사장에게 손을 내밀었다.

"오랜만이야, 강 사장."

"어서 오십시오, 유 이사님. 오랜만에 뵙습니다."

중년남자, MG엔터테인먼트의 유경태 이사는 비서가 내온 커피를 받아 들고는 짧고 굵은 다리를 다른 다리로 힘겹게 올렸다.

"자주 봤어야 하는데 일이 바빠서, 이거 미안하구만."

"아닙니다. 저야말로 자주 인사드렸어야 했는데……."

"아니야. 그나저나 윤 비서는 여전히 미인이구만. 하하하."

유달리 돋보이는 여비서의 미모를 칭찬한 유경태 이사는 본격적으로 오늘 온 목적을 이야기했다.

"이번에 우리 ECTM 애들이 중앙홀에서 앙코르 콘서트를 열기로 했어. 강 사장, 한 숟갈 얹어야지?"

"하하하. 그렇습니까? 저희야 유 이사님 말씀이라면 당연히 거들어야지요. 언제인지요?"

기분 나쁘게 들릴 수 있는 말이었지만 강인수 사장의 눈은

빛났다.

ECTM은 MG엔터테인먼트의 잘나가는 7인조 남성 그룹
이었다. 게다가 중앙홀이라면 국내에서 가장 큰 중앙 월드컵
다목적홀을 말한다.

이런 거대 프로젝트에 빠질 이유가 없었다.

"2월 말이야. 날짜는……."

그런데 유경태 이사가 달력을 보이며 날짜를 이야기하니
강인수 사장의 표정이 미묘해졌다.

"하필이면 그날에……."

"왜 그런가, 자네? 힘들어?"

"그게……."

2월 마지막 주의 금, 토, 일.

하필이면 미리 계약한 김재훈의 콘서트와 일정이 겹치고
있었다.

유경태 이사는 그걸 아는지 모르는지, 쉽사리 대답하지 못
하는 그를 보챘다.

"일정이라도 있는 건가? 에잉. 그럼 할 수 없지. 선약을
파기할 수는 없는 거잖아."

"크흠…… 그게, 아니라……."

김재훈과 ECTM.

월드엔터테인먼트와 MG엔터테인먼트.

무대의 규모, 동원되는 관객의 규모로 비교해도 어디가 이익인지는 뻔했다.

"이 사람이. 평소답지 않게 왜 그런가?"

"아, 아닙니다. 가능, 가능합니다. 하하하."

"그렇지? 역시, 강 사장! 사실 자네 외에는 생각해 보지도 않았어. 하하하하!"

유경태 이사는 기쁜 표정으로 강인수 사장의 어깨를 두드렸다.

그는 좋은 가게를 뚫어놨다며 함께 회포를 풀자 약속하고는 자리에서 일어났다.

"서류는 오후에 보내지."

"알겠습니다, 이사님."

유경태 이사가 간 후, 홀로 남은 사장실에서 강인수 사장은 길게 한숨을 쉬었다.

"……그래, 여러모로 MG가 낫지. 암암."

업계에 이상한 소문이 날까 걱정도 되었고 미안하기는 했지만, 실리가 더 중요했다.

그는 마음을 다지고는 전화기를 들었다.

"이번엔 월드도 똥줄 좀 타겠지."

엘인조명을 나서며, 유경태 이사는 입꼬리를 들어올렸다.

사실은 ECTM의 콘서트를 진행하며 따로 계약했던 업체가 따로 있었다. 하지만 이번 앙코르 콘서트를 위해 엘인조명과 계약을 했다. 엘인조명이 업계에서 손꼽는 위치에 있기도 했지만 다른 목적도 있었다.

"계약 빠그라지면 업체 다시 선정하고 설치하는 데 시간이 보통 드는 게 아닐 거야. 게다가 이강윤 그 인간이 아무 업체나 쉽게 선정할 인간도 아니고…… 이현지도 더불어 힘들어하겠지. 흐흐. 재밌겠어."

눈엣가시 같은 월드엔터테인먼트가 이번에는 제대로 발목이 잡힐 것이라는 생각에 유경태 이사는 십 년 묵은 체증이 확 내려가는 듯한 기분이 들었다.

희윤의 졸업식이 있는 날.

집에서 나가기 전, 강윤은 희윤으로부터 받은 졸업식 입장권을 챙기며 어색한 미소를 지었다.

"졸업식에도 입장권이 필요하다니. 아무리 봐도 신기해."

희윤은 강윤의 정장에 넥타이를 해주며 흐뭇한 미소를 지었다.

"학과마다 졸업식을 따로 진행하거든. 미리 참석하는 사람들 명단도 받고. 난 오빠하고 주아가 온다고 해서 따로 준비했지. 자, 다 됐습니다."

강윤은 남색의 멋스러운 넥타이에 만족하며 코트를 걸쳤다.

거실에는 한창 화장을 하고 있던 주아가 발을 동동 구르고 있었다.

"희유운! 틴트, 틴트 있어?"

"틴트? 오렌지밖에 없는데."

"괜찮아. 빌려줘! 떨어진 걸 까먹었어."

주아는 희윤에게서 틴트를 빌려 급하게 바르고는 입술을 꼭 다물어 마무리했다.

모두가 준비를 마치자 강윤은 그녀들과 함께 차를 타고 학교로 향했다.

"오빠, 그럼 이따 봐."

졸업식이 있는 강당 앞에서 희윤은 할 일이 있다며 강당 2층으로 향했다.

강윤과 주아는 희윤에게서 받은 표를 내고는 강당 안으로 들어갔다.

"……오빠, 저것도 악기야?"

강당 앞을 장식하고 있는 거대한 파이프 오르간의 위용에 주아는 놀라 눈을 껌뻑였다.

강윤은 파이프 오르간이 만들어내는 새하얀 빛에 감탄하며 고개를 끄덕였다.

"파이프 오르간이라고, 악기의 왕이라고 불리는 악기야."

"악기의 왕이라. 하긴, 저 정도 크기에 웅장함에…… 멋있다. 저런 음악에 춤 춰보고 싶다."

"풋. 발상은 좋다."

두 사람은 강당이 잘 보이는 중앙에 자리를 잡았다.

'마음은 잘 잡은 것 같군.'

며칠 전, 의기소침했던 주아는 이미 없었다.

생각을 잘 정리했는지 그녀는 흐트러짐 없이 활기찬 모습을 보이고 있었다.

"왜 그렇게 봐? 내 얼굴에 뭐 묻었어?"

"아냐, 아무것도."

"싱겁긴."

주아는 파이프 오르간의 웅장한 소리에 흠뻑 빠졌는지 눈까지 감고 소리에 귀를 기울였다.

시간이 흘러, 졸업식이 시작되었다.

정숙한 분위기 속에 박사와 석사 학위 수여식이 진행되었다.

힘겨운 환경 속에서 학업을 완수해 명예석사를 받은 장애인이 나왔을 때는 모두에게서 뜨거운 박수가 쏟아졌다.

석사 학위 수여식이 끝나고, 드디어 학사 학위 수여식이 진행되었다.

[학사 번호 XX-9283-585 Hee-Yoon Lee.]

동기들의 순서가 지나가고, 학장으로부터 희윤이 학위 증서를 수여받았다.

머리가 희끗한 학장이 그녀와 악수를 나누며 가볍게 끌어 안는 모습을 보니 강윤의 눈시울이 붉어졌다.

'녀석……'

약한 몸을 주체하지도 못했던 동생이 건강한 사람도 쉽게 하기 힘든 유학생활을 해내고 결실을 맺었다. 그것도 음악으로 말이다.

그저 건강하기만을 바랐던 동생이었는데…….

"……받아."

"아……."

강윤은 주아가 내미는 휴지를 받아 붉어진 눈시울을 닦았다.

저도 모르게 가슴이 저민 모양이었다.

희윤이 사람들에게 돌아서서 인사를 할 때, 강윤은 동생을 똑바로 바라보지도 못했다.

평소라면 그런 강윤을 놀려댔을 주아였지만, 지금은 그의 등에 손을 올리고는 다독여 주었다.

'수고하셨어.'

'…….'

간혹 보이는 주아의 이런 모습에 강윤은 은근한 미소를 지었다.

학위 수여식이 끝나고, 강윤과 주아가 있는 곳으로 가운을 입은 희윤이 달려왔다.

"오빠!"

희윤은 마음이 들떴는지 강윤에게로 바로 안겨들었다.

"어어?"

"하하하하."

뭔가를 끝냈다는 해방감 때문인지, 희윤은 한껏 들떠 있었다.

남매의 사이좋은 모습이 보기 좋았는지, 주아는 핸드폰을 꺼내 카메라를 켰다.

"자자, 이런 날 하나 박아야지. 서봐."

"오빠, 이거 써봐야지."

희윤은 강윤에게 학사모를 씌워주었다.

난생 처음 학사모까지 써보니 강윤은 감회가 새로웠다.

"자자, 찍습니다."

학사모를 쓴 강윤과 희윤 남매의 사진을 찍은 주아는 이어 강윤에게 핸드폰을 주고는 강윤이 쓴 학사모를 건네받았다.

곧 희윤의 친구들이 와서 강윤과 주아와도 인사를 나누고, 사진도 찍으며 졸업식의 추억을 남겼다.

졸업생을 위해 마련된 식사를 하러 가는 길에 강윤이 뭔가 생각났는지 희윤에게 물었다.

"레이나도 올해 졸업하는 거 아니었어?"

"브로드웨이 때문에 휴학했잖아. 나보다 늦게 졸업할 거야. 오늘도 못 온다고 했어."

이후 세 사람은 학교에서 마련한 식사자리에서 졸업식의 즐거움을 이어나갔다.

식사를 마치고 연습을 위해 주아는 MG엔터테인먼트 미국 지사로, 희윤은 짐을 정리하기 위해 집으로 향했다.

"오빠, 희윤이 도와줘야 하는 거 아냐?"

자신과 함께 지사로 가는 차를 탄 강윤에게 그녀는 눈을 동그랗게 뜨며 묻는 그녀에게 강윤은 괜찮다며 손을 내저었다.

"대부분 짐은 정리했거든. 희윤이 혼자서 할 수 있어."

"그래도 그렇지, 나보다는……."

"지금은 여기에 내가 더 필요하지 않아?"

"……."

주아는 할 말을 잃었다.

심하게 몰아붙이다가도, 이런 모습을 보면 또…….

"……진서는 좋겠네."

"뭐라고?"

"아냐, 아무것도. 좋아, 오늘 저녁은 내가 쏜다."

"야야, 아파."

주아는 강윤에게 헤드락을 걸며 장난을 쳤다.

MG엔터테인먼트 미국지사에 도착하자마자 주아는 바로 옷을 갈아입고 몸을 풀었다.

강윤은 컴퓨터에 받은 캐리 클라우디아의 'Coming' 영상을 재생했다.

활기찬 재즈풍의 음악에 주아는 가볍게 발을 구르며 리듬을 맞췄다.

"옆에 있는 저 여자처럼 추면 되는 거야?"

주아는 후렴부터 등장한 파트너, 캐리 클라우디아의 옆에서 그녀와 호흡을 맞추는 백인 여성을 가리켰다.

"맞아."

"그런데 가수하고 댄서하고 키가 엄청 크다. 170은 되는 것 같은데?"

"캐리 키가 172㎝라고 들었어."

"……엄청 크네. 잘못하면 고목나무에 매미 붙은 것 같이 보이는 것 아냐?"

"오히려 돋보일 수도 있어. 키는 바꿀 수 없는 거니까 신경 쓰지 말자고."

"알았어."

주아는 영상의 가수, 캐리에게서 눈을 떼지 못했다.

기마자세에서 탄력 있게 움직여야 하는 춤을 캐리가 완숙하게 선보이는 반면, 백인 여성은 쉽게 따라가지 못했다. 미세한 차이였지만, 주아의 눈은 날카로웠다.

"저기서 약간 어색한데? 큰 차이는 아니지만……."

"너라면 메울 수 있겠어?"

"맞춰보면 충분히."

주아의 확신어린 말에 강윤은 믿는다는 듯, 고개를 끄덕였다.

영상이 끝나고, 주아는 자리에서 일어나 거울 앞에 섰다.

"그럼 시작해 볼까?"

주아는 가볍게 온몸으로 웨이브를 타며 의욕을 불태웠다.

그녀의 자신감 넘치는 모습을 보며 강윤은 생각했다.

'금빛이라. 쉽지 않을 거야.'

그녀만의 문제가 아니었다.

강윤도 본격적으로 스텝을 밟으며 음표를 만들기 시작하는 주아를 보며 눈을 빛냈다.

'기본기가 문제가 아냐. 문제는 금빛을 어떻게 만드냐지.'

하얀빛의 춤을 은빛으로, 금빛으로 어떻게 만들지, 강윤은 고민했다.

각 춤에는 포인트가 있다.

'Coming'의 포인트 안무는 기마자세 이후에 나오는 섹시한 다리 라인을 부각시키는 안무와 고혹적인 표정이었다.

주아도 포인트 안무의 중요성을 알았는지 계속 기마자세를 반복해 가며 같은 춤을 좀 더 나은 모습으로 보일지 고민했다.

"어렵네……."

기마자세에서 일어나며, 웨이브로 이어지는 동작을 반복했지만 주아는 자신의 모습이 만족스럽지 않은 눈치였다.

'하얀빛.'

강윤의 눈에도 아직 은빛의 징조조차 보이지 않았다.

저녁식사도 잊은 채, 주아는 연신 같은 동작을 반복했지만 자신의 모습에 만족하지 못하며 바닥에 주저앉고 말았다.

"아우우. 힘들어……."

"좀만 쉬었다 하자."

강윤도 그녀에게 여러 가지로 조언하며 세밀히 조절을 했지만, 은빛을 만드는 과정은 결코 쉽지 않았다.

웃는 표정을 지어도, 좀 더 다리를 걷어 라인을 부각시켜도, 여러 방법을 동원했지만 도무지 만족스럽지가 않았다.

주아가 물을 마시곤 바닥에 누워있을 때, 강윤은 같은 동작을 계속 돌려보았다.

'주아와 캐리하고는 무슨 차이가 있는 걸까?'

옆 라인이 뜯어진 긴 치마 옆으로 보이는 캐리의 다리 라인을 계속 돌려보며, 강윤은 차이가 무엇인지를 고민했다.

'주아는 키가 작지. 영상의 여자들은 큰 키에 다리라인도 예쁘고. 하지만 이곳 기준으로 다리 라인이 예쁜 편은 아니야. 이거, 너무 영상을 따라간 것 아닐까?'

생각을 정리한 강윤은 주아를 불러 세웠다.

"한번 내가 말한 대로 해볼래?"

"어떻게?"

강윤은 안무의 수정을 요청했다.

문제의 기마자세 이후의 웨이브를 빼고 그녀의 가는 허리와 골반을 강조하는 동작으로 바꿔 버렸다.

안무를 수정하면서, 주아는 걱정했다.

"안무를 우리 마음대로 바꿔도 괜찮을까?"

"억지로 맞지 않는 옷을 입는 것보다 나을 거야."

"알았어."

주아는 강윤의 말대로 안무를 수정했다.

거기에 강윤은 티를 말아 묶어 배꼽이 살짝 드러나게 했다.

"……변태."

"시, 시험해 보는 거야, 시험."

"하하하. 장난이야. 그럼 해볼게."

음악이 흘러나오자 주아는 양손을 위로 올리고 몸을 가볍게 틀었다. 그러자 그녀의 가는 복부가 드러나며 얇은 허리와 골반이 강조되었다.

스텝을 밟아가며 그녀는 강윤을 향해 가볍게 윙크를 날렸다.

수정된 안무의 마무리였다.

"오빠, 어때?"

주아가 멍하니 서 있는 강윤에게 물었지만, 그는 이상한 것이라도 봤는지 눈을 껌뻑이고만 있었다.

'그래, 이거야!'

은빛.

주아가 만들어낸 빛을 보며, 강윤은 주먹을 불끈 쥐었다.

"잘했어. 많이 나아졌네."

강윤은 천천히 박수를 치며 주아를 독려했다.

하지만 아직 이 정도로는 멀었다고 생각했는지 주아는 고개를 흔들었다.

"여기서 더 뭘 해야 할까? 의도는 알겠는데 막상 표현하기가 쉽지 않네. 저 사람들에 비해 내가 짧기도 하고."

"하하하."

주아가 스스로를 디스하자 강윤은 크게 웃음을 터뜨렸다.

"……쓸데없이 웃음소리가 크다?"

"큭큭. 기분 탓이야."

"야!"

"하하하하."

강윤이 웃음을 멈추지 않자 주아는 강윤의 옆구리를 심하게 찔러댔다.

그렇게 제대로 필이 꽂힌 주아는 쉬지 않고 연습을 했고 강윤도 그녀를 떠나지 않고 댄스를 봐주었다.

밤이 깊어 새벽 3시 하고도 15분이 넘은 시간.

"아, 더 이상은 무리야……."

마지막이라고 단언한 음악이 끝나자마자 주아는 바닥에 철푸덕 누워버렸다.

강윤은 거친 숨을 내뱉으며 가슴을 들썩이는 그녀 곁에 앉았다.

"수고했어."

"……후우, 후우. 오빠도."

바닥이 젖든 말든, 주아는 강윤이 내민 물을 얼굴에 모두 부어버리곤 힘겹게 자리에서 일어났다.

"시간 봐. 내가 너무 오래 잡았네. 오빠, 미안해. 나 희윤이한테 혼나겠다."

연습이 끝나서야 희윤이 생각났는지, 주아는 미안한 기색을 드러냈다.

그러자 강윤은 손가락으로 주아의 이마를 가볍게 밀어내며 피식 웃었다.

"미안한 건 아세요?"

"아씨. 아프거든?"

"난 괜찮으니까, 오디션에 집중하세요."

"……하여간 좋게 말을 못하게 해요. 네에."

주아는 강윤의 장난을 즐겁게 받고는 천천히 자리에서 일어났다.

이제는 집에 돌아갈 시간이었다.

바닥에 있던 수건을 집어든 주아는 뭔가가 떠올랐는지 문을 나서는 강윤에게 물었다.

"지금 이 정도로는…… 힘들겠지?"

"아마도?"

강윤의 말에 주아는 한숨을 쉬었다.

"아, 어렵다, 어려워. 여기서 얼마나 더 나아져야 한다는 걸까?"

"……."

혹시 이 정도가 한계가 아닐까?

주아는 걱정이었다.

함께 집으로 돌아오는 길에서도 주아의 고민은 깊어갔다.

다음 날 오후.

강윤은 머리맡에 놓은 핸드폰 소리에 힘겹게 눈꺼풀을 들어올렸다.

"……여보세요?"

─사장님, 저예요.

"……이사님?"

이현지였다.

강윤은 목소리를 가다듬으며 이불을 걷고 몸을 일으켰다.

"으, 미안합니다. 무슨 일 있습니까?"

─피곤한 것 같은데 깨워서 미안해요. 그런데 지금 거기 시간이 밤은 아닐 텐데…….

"맞습니다. 3시 조금 넘었네요."

한국은 아침 8시가 넘은 시간이었다.

이현지는 강윤이 잠에서 깬 듯하자 용건을 이야기했다.

─엘인조명이 계약을 파기했어요. 가능하면 일 이야기는 하고 싶지 않았는데…… 사안이 중요해서 어쩔 수 없네요.

"이런. 이유가 뭐라 합니까?"

예상치 못한 일에 강윤의 표정이 심각해졌다.

─갑자기 공연이 밀려들어와서 재훈 씨의 콘서트 조명 설치 자금이 모자란다고 말하더군요.

"선금을 더 지불해 줄 수도 있다고 이야기하셨나요?"

─네. 그런데 자금뿐만 아니라 인력 등 여러 가지 조건을

따져봐도 힘들다고 말하네요. 제 생각엔 다른 회사와 계약하지 않았나 싶네요. 자금이 모자라서 파기한다고 말했으면서 위약금도 곧 지불하겠다고 하는 걸 보니까요.

강윤도 이현지의 의견에 동의했다.

"이 바닥이 신뢰로 먹고사는 건데…… 근시안적이네요. 그쪽에서 일방적으로 계약을 파기하는 걸 보면 더 큰 이익이 있는 것 같군요."

─……그럴지도 모르겠어요. 그나저나 우리가 걱정이네요. 우리나라에서는 엘인만큼 뛰어난 업체도 찾기 힘든데…….

다른 업체보다 비싼 비용임에도 엘인조명과 계약을 체결한 이유가 있었다.

엘인조명에는 콘서트에 특화된 조명 디자이너를 비롯해 전문팀이 운영될 만큼 노하우를 갖추고 있었다. 이미 기획회의도 몇 번 거쳤기에 무대에 맞춘 조명 디자인마저 나온 상황이었다.

단순한 상황이 아니었지만 강윤은 냉정했다.

"떠난 버스를 계속 잡고 있는 것도 어리석은 행동입니다. 이렇게 된 바에야 다른 업체를 찾아봐야죠."

─알았어요. 그래도 조명 디자인은 넘겨받았으니까 시간은 많이 절약할 수 있을 거예요. 오후까지 제가 간단하게 업체들 선정해서 리스트 보낼게요.

"디자인이라…… 일단은 알겠습니다. 고생하셨어요."

이현지와의 통화를 마치고, 강윤은 짧게 한숨을 쉬었다.

'엘인조명은 조명감독하고 조명 디자이너가 모두 있어서 좋았는데…… 다른 업체가 엘인의 조명 디자인을 따라갈 수 있을까?'

단순히 밑그림대로 설치만 하는 것이 아니라, 언제 어떤 빛이 들어오고 나가는지, 무대 전반의 모든 빛을 책임지는 것이 조명 디자인이다.

콘서트를 위해 이곳에서 특수장비팀까지 알아보고 있었는데, 기본 조명에 문제가 생기니 머리가 아파왔다.

'조명 디자이너를 알아봐야겠어.'

생각을 정리한 강윤은 거실로 나갔다.

거실에서는 희윤이 외출복을 입고 강윤을 기다리고 있었다.

"오빠, 이제 일어났어?"

"응. 늦게 잤더니 피곤했나 봐."

"오빠답지 않게. 빨리 그동안. 우리 늦겠어."

동생의 보챔에 강윤은 외출 준비를 서둘렀다.

오늘은 벼르고 벼르던 미국 최고의 권위를 가진 시상식, 제미스 어워드(JEMIS Awards)를 관람하러 가는 날이었다.

맨 뒷좌석 티켓 하나도 구하기 힘든 이 티켓을 강윤은 두 장이나 구하는 능력을 발휘했다.

그것도 맨 앞, 특석으로.

"완전 두근두근해."

제미스 어워드가 열리는 VTNM 라디오 뮤직 홀로 향하며, 희윤은 두근거리는 가슴을 주체하지 못했다.

"앤 가리안을 실제로 보게 되다니……."

"그 사람 피아니스트 아냐?"

강윤의 물음에 앞을 못 보는 맹인 피아니스트를 언급하며 희윤은 눈을 반짝였다.

그도 세계 최고의 위치에 있는 가수들을 볼 생각에 가슴이 두근거렸다.

이윽고, 두 사람은 VTNM 라디오 뮤직홀에 도착했다.

"……이거 얼마나 큰 거야?"

만 단위를 넘어 10만 명은 가뿐히 소화할 듯한 공연장 규모에 희윤은 입이 쩌억 벌어졌다.

강윤도 안으로 들어가며 거대한 무대에 혀를 내둘렀다.

남매가 입장한 지 한참이 지나 제미스 어워드가 시작되었다.

레코딩, 앨범, 가수 등 음악에 관련된 모든 분야에서 올 한 해 빛을 발한 음악인들이 상을 받는 영광을 누렸고 관객들은 최고의 가수들의 무대를 관람하는 즐거움을 누렸다.

'확실히 다르구나…….'

다양한 장르의 가수들이 저마다의 색깔로 관객들을 즐겁

게 해주는 모습에 강윤은 눈을 떼시 못했다.

100명도 넘게 동원되는 댄서부터, 와이어를 비롯해 미니 분수 같은 화려한 무대장치, 무용에 발레, 오케스트라까지 이 세상 모든 음악을 모아놓은 듯한 무대가 눈앞에 펼쳐졌다.

'대단하다.'

강윤은 심심치 않게 보이는 은빛의 가수들에 놀라 동공이 확대되었다.

한국에서는 하얀빛의 무대가 대부분이었던 것에 반해 이 곳에서는 은빛의 무대가 흔하게 펼쳐졌다. 거기에 간간히 은 빛과 금빛이 섞인 무대가 펼쳐지니 강윤은 절로 어깨가 들썩 였다.

"Thank You!"

"Wow!"

레드 허슬이라는 영국 출신 밴드의 시원한 록 무대가 끝나 자 관객들 모두가 공연장이 떠나갈 정도의 환호성을 보냈다.

"와아아ー!"

희윤도 소리치며 공연을 즐기는 가운데, 강윤은 조용히 생 각에 잠겼다.

'그런데 금빛은 없군. 이유가 뭘까? 그때 셰뮤얼은 어떻게 금빛을 냈던 거지? 분명 이유가 있을 텐데⋯⋯.'

가수의 실력, 노래와의 조화, 무대의 환경, 관객 등등.

강윤은 무대에 필요한 여러 가지를 생각해 봤지만 명쾌한 결론이 나오지 않았다.

'금빛의 무대라는 게 이렇게 먼 것이었나.'

주아에게 오디션에서 금빛의 무대를 보여야 한다고 은근히 강조했지만, 막상 본인이 금빛의 실마리를 잡지 못했다.

'이유가 뭘까?'

강윤이 한창 고민에 빠져 있을 때였다.

[……모두가 기다리셨던 순서입니다. 오늘의 마지막 순서입니다. 제미스 어워드의 단골손님이시죠? 올해도 오셨네요.]

[하하하하하.]

[빨리 만나 볼까요? 셰뮤얼 존슨의 무대입니다.]

사회자의 소개에 지금까지와는 비교도 할 수 없는 엄청난 환호성이 홀을 울렸다.

조명이 꺼지며 관객들의 환호가 조금씩 잦아들었다.

천천히 스포트라이트가 들어오며 하얀 정장을 입은 흑인이 모습을 드러냈다.

[와아아아아아--!]

엄청난 환호성을 몰고 온 그는 터벅터벅 발소리를 내며 미끄러지듯 무대 중앙으로 걸어가다가 갑자기…….

[뭐야?!]

[사, 사라졌어!]

수증기 증발하듯 흔적도 없이 사라져 버렸다.

마술과 같은 광경에 관객들이 동요하려 할 때, 벼락과 같은 굉음이 터져 나왔다.

그와 함께 무대의 모든 조명들이 강한 빛을 발하더니 팡파르 같은 음악이 터져 나왔다.

그러자 연기같이 사라졌던 홀로그램이 다시 나타나더니, 세뮤얼이 모습을 드러냈다.

이번에는 세뮤얼 존슨 본인이었다.

[세뮤얼이다!]

[진짜! 진짜가 나타났어!]

관객들이 숨 돌릴 틈도 없이, 그는 전매특허인 유연한 부드러운 웨이브를 타기 시작했다. 그와 함께 가는 숨소리와 함께 듣기 좋은 목소리가 흐르자 관객들은 정신을 차리지 못했다.

초반, 관객들을 단번에 사로 잡아버린 화려한 모습에 강윤은 입을 다물 수가 없었다.

'이게, 금빛인가!'

그의 무대는 다른 가수들에게 볼 수 없었던 금빛이 당연하듯 터져 나오고 있었다.

은은하지만 홀을 가득 채운 금빛은 관객 모두에게 스며들어갔고, 모든 관객들이 세뮤얼의 노래에 양손을 들고 호흡에 맞춰 뛰기 시작했다.

강윤도 저도 모르게 손을 들고 뛰며 금빛 무대의 위력을 여실히 느껴갔다.

"오늘 완전 최고, 최고였어!"

집으로 돌아오는 차 안에서, 희윤은 흥분을 감추지 못했다.

"도움이 많이 됐지?"

"엄청. 그냥 최고였어. 우와…… 역시, 세계는 넓어."

"네 말이 맞네. 희윤아."

"왜?"

"어느 무대가 제일 기억에 남았어?"

느닷없는 물음에 희윤은 잠시 생각하더니 곧 한 사람을 꺼내들었다.

"셰뮤얼 존슨. 노래부터 무대 매너, 관객과의 호흡까지. 진짜 최고의 가수인 것 같아. 나 팬클럽 가입하려고."

"그 정도야?"

"당연하지. 완전 짱. 오빠는?"

"나도 같은 생각이야."

"마지막 무대가 최고였어. 아, 그런 가수가 내가 만든 곡을 불러주면 얼마나 좋을까."

어느덧 비로 촉촉해지는 거리를 바라보며, 희윤은 눈을 반짝였다.

동생의 꿈같은 말에 강윤은 웃으며 답했다.

"에이. 네 노래로 그만한 가수를 만들면 되지 않겠어?"

"그런가? 그렇게 되면 난 스타메이커?"

"하하하. 그러게?"

"에이, 그래도 셰뮤얼은 목표가 너무 크다. 그냥 꿈은 꿈으로 남길래."

희윤이 힘들 것 같다며 고개를 흔들자 강윤은 손을 뻗어 동생의 머리를 부볐다.

"차근차근 해보자. 우리 둘이면 뭘 못 하겠어."

"……하긴. 그 지긋지긋한 병도 이겨냈는데. 그렇지?"

"그러니까."

남매가 탄 차는 그렇게 집으로 향하고 있었다.

♪ ♫ ♪ ♪ ♫ ♪

캐리 크라우디아는 소문난 인격자였다.

스태프들을 살뜰히 챙기고, 소속사 식구들에게도 하나라도 더 해주려 애쓰는 모습은 그녀 주변 사람들이 그녀를 좋아하는 이유였다.

하지만 그런 그녀에게도 단점은 있었다.

[……수고했어요. 필요하면 나중에 연락드리죠.]

'Coming'의 댄스 파트너를 뽑는 오디션 당일.

'Coming' 댄스를 마친 흑인 남성에게 캐리 크라우디아는 무심한 눈으로 이야기했다.

흑인 남성이 그녀의 가라앉은 눈에 어깨를 추욱 늘어뜨리며 밖으로 나가자 함께 오디션을 본 콘서트 총 감독, 스미스가 그녀의 등을 세게 쳤다.

[캐리, 지원자에게 너무 야박하게 굴지 말랬잖아.]

[아, 또 왜 그래요?]

[너 또 이상한 소문 돌면 어쩌려고 그래?]

하지만 캐리 크라우디아는 자신만만했다.

[흥. 오디션에서 이 정도도 못 해요? 내 식구도 아닌데.]

[……그런 행동은 좋지 않은데.]

[아, 그만그만. 발렌토, 다음 사람 들여보내 줘요.]

그녀는 지원자에게는 야박하게 굴더니, 매니저에게는 또 사근사근하게 이야기했다.

그런 행태에 스미스는 표정을 찌푸리며 한숨을 내쉬었다.

[에휴.]

곧 다음 지원자가 안으로 들어오고, 캐리 크라우디아는 미소를 띠며 그녀에게 물었다.

[동양인? 오늘 지원자 중 유일하네요. 이름이 어떻게 되죠?]

[주아, 연주아라고 합니다.]

다른 지원자들은 힙합 바지나 춤을 추기 편안한 복장을 입고 온 데 반해 저 주아라는 지원자는 어디서 구했는지 모를 'Coming'의 파트너가 입는 의상, 보랏빛 원피스를 입고 왔다.

복부가 살며시 드러나 가느다란 허리가 한층 부각되어 여성미가 돋보이고 있었다.

[어…… 준비성이 아주 철저하네요.]

[감사합니다.]

[좋아요, 마음에 들어. 어디 준비한 만큼 얼마나 보여줄지 기대가 되는군요. 한번 볼까요?]

더 말할 필요도 없다는 듯, 캐리 크라우디아는 리모컨으로 음악의 재생버튼을 눌렀다.

주아의 춤이 시작되자 캐리 크라우디아의 눈이 가늘어졌다.

'엄청 잘하네.'

스텝을 밟고, 허리를 움직이고 턴을 하는 모습 하나하나가 우아했다.

눈앞의 댄서는 다른 지원자들보다 확실히 돋보이는 실력자였다.

하지만 걸리는 것도 있었다.

'키가 너무 작아. 동양인이라는 것도 그렇고.'

저 지원자의 춤은 확실히 멋있었지만, 지금까진 그게 전부.

이런 리스크를 고려하면서까지 쓰기에는 무리가 있었다.

후렴이 시작되면 음악을 꺼버렸지만, 그녀는 주아의 춤을 멈추지 않고 계속 관찰했다.

'스미스, 어때요?'

'조금만 더.'

그도 생각이 비슷했다.

후렴에 접어들자 포인트 안무인 기마 자세가 나오는 순서가 되었다.

그런데 지원자는 포인트 자세를 취하지 않고 마음대로 뒤로 휙 도는 게 아닌가?

'뭐지?!'

거기서부터, 캐리 크라우디아와 스미스의 표정이 변해가기 시작했다.

주아는 양팔을 한 바퀴 돌려 위로 올리고는 한쪽 다리를 굽히며 앉았다. 그리고 가는 허리를 한 바퀴 돌리며 자리에서 일어나 동시에 시선을 바닥으로 내렸다.

이어 양팔로 원을 그리며 스텝을 밟아갔다.

그때, 캐리 크라우디아가 자리에서 일어나며 주아를 제지했다.

[잠깐.]

음악이 흐르는 가운데, 주아는 긴장하며 춤을 멈췄다.

흑발을 가볍게 넘기며 캐리 크라우디아는 덤덤한 어조로
물었다.

[원래 'Coming' 안무하고 다르군요.]

[네. 약간 수정했습니다.]

[약간이 아닌 것 같은데…… 이유가 뭔가요?]

날이 선 눈으로 이유를 묻는 캐리 크라우디아의 모습에 주
아는 심호흡을 했다.

가장 중요한 순간이었다. 이 대답에 당락이 결정될 것이라
는 걸 느끼며 주아는 마음을 가다듬고 그녀와 눈을 마주했다.

[캐리와 함께 무대에 올랐을 때를 상상해 봤어요. 함께 호흡을 맞
출 때는 서로가 통하는 것이 있어야 한다고 생각했죠. 전 우리 두
사람의 통하는 것이 '에너지'라고 생각했어요.]

[에너지?]

[네. 터질 듯한 에너지. 그런데 연습을 하다 보니 원래 안무로는
그 에너지를 제대로 보여주기 힘들 것이라고 생각했어요. 그래서
조금 수정했죠. 원래 여기는 기마 상태에서 올라올 때는 라인이 부
각되며 여성미가 드러나는데, 여기를 서로의 얼굴을 바라보며 밀착
하고 난이도를 조금 높인 퍼포먼스들을 추가했어요.]

[흐음…….]

주아의 설명에 캐리 크라우디아는 알쏭달쏭한 표정을 지
으며 자리에서 일어났다.

그러더니 그녀는 앞으로 나가 주아 옆에 섰다.

그 모습에 당황한 건 스미스였다.

[캐리?]

[스미스, 우리 안무가 어떤지 잘 봐줘요.]

[뭐라고?]

오디션 내내 자리에서 일어난 적 없던 그녀이기에 스미스는 크게 놀랐다.

그 마음을 아는지 모르는지, 시선을 주아에게 돌린 그녀는 함께하자며 손짓했다.

[그럼 해볼까요?]

[네? 네.]

예상치 못한 돌발 상황이 발생했지만, 주아는 곧 그녀 옆에 대열을 맞춰 섰다.

음악이 흐르고, 주아는 그녀와 함께 안무를 맞춰나갔다.

후렴 전까지는 칼같이 함께 안무를 맞추는 것이 핵심이었다. 모든 지원자들도 이것에는 문제가 없었다.

'여기가 핵심이야.'

포인트가 달라지는 후렴에 접어들자 주아는 눈을 빛냈다.

처음 하는 안무지만 캐리 크라우디아는 주아의 안무를 곧잘 따라왔다. 허리로 웨이브를 타는 안무까지 무리 없이 따라왔다.

주아는 캐리의 목에 팔을 둘렀다. 그리고 함께 다리를 굽혀 가볍게 앉으며 온몸으로 웨이브를 타며 함께 바닥으로 눈을 내렸다.

[와우!]

캐리 크라우디아는 놀라움에 환호성을 질렀다. 거울을 통해 보니 주아가 캐리 크라우디아 주위를 돌며 그녀를 돋보이게 만들어주고 있었다.

작은 체구가 문제가 아니었다.

오히려 주아의 작은 체구 때문에 캐리 자신이 오히려 더 돋보이고 있었다.

'애 물건인데? 이런 여자 댄서는 쉽게 찾기 힘든데.'

팔짱을 끼며 지켜보던 스미스도 놀라움에 눈을 크게 떴다.

1절만 하고 마무리하려던 캐리 크라우디아는 결국 2절 끝까지 안무를 추고 말았다.

[후우, 후. 하하하!]

음악이 멈추자 캐리 크라우디아는 시원하게 웃음을 터뜨렸다.

[스미스, 어때요? 오디션 더 볼 필요도 없을 것 같은데?]

스미스도 팔짱을 풀며 흐뭇한 웃음으로 화답했다.

[같은 생각이야. 주아. 함께해 줄 수 있겠어요?]

가볍게 땀을 흘리는 캐리 크라우디아는 웃음꽃을 피우며

주아에게 손을 내밀었다.

주아는 강하게 그녀의 손을 붙잡았다.

[감사합니다.]

[하하하. 굿! 그럼 같이 식사나 하러 갈까요?]

주아는 흔쾌히 캐리 크라우디아의 뒤를 따라나섰다.

[······주아, 네가 사람 운이 있네. 그렇게 눈이 좋은 프로듀서를 찾기란 쉽지 않은데.]

캐리 크라우디아의 차 안.

주아와 그녀는 뒷좌석에 나란히 앉아 대화를 나누었다.

이미 두 사람은 단순한 댄서와 가수의 사이를 넘은 듯, 매우 친밀해 보였다.

캐리 크라우디아는 주아가 지원서에 가수라는 언급을 전혀 하지 않고 춤만으로 승부를 한 것이 마음에 들었다. 그것도 아시아에서 최고 위치에 있다는 가수가 말이다.

거기에 스타의 위치에서 오는 공감대도 많으니 친해지는 건 어찌 보면 당연했다.

[그 오빠가요, 다른 건 몰라도 눈 하나는 정말 귀신인 것 같아요. 척 보면 이 노래가 통할지, 무대가 어떤지 다 안다니까요. 실제로 노래를 보는 것 같다는 생각도 들어요.]

[하하하. 노래를 본다? 그렇다면 재미있겠다.]

주아가 머무르는 희윤의 집으로 돌아가는 길은 화기애애
했다.

운전을 하는 매니저는 길을 우회하며 대화시간을 늘리는
센스를 발휘했다.

[오늘 춤도 그 오빠가 안무를 수정해 보는 게 어떻겠냐고 권해서
해본 거예요. 캐리와 저의 합을 생각해 보면 저 안무가 안 맞을 수
도 있을 것 같다고…….]

[그래?]

미국 진출을 위해 자신을 이용하려는 수단일 수도 있기에,
캐리 크라우디아는 적당한 선에서 그녀의 말을 받았다.

차는 어느새 희윤의 집 앞에 도착했다.

[고마워요, 이틀 뒤에 찾아뵐게요.]

[그럼 연습 때 봐.]

파파라치 등의 위험 때문에 캐리 크라우디아는 내리지 않
고 바로 돌아갔다.

주아가 집 안으로 들어가니 강윤 남매가 그녀를 반갑게 맞
아주었다.

"축하해. 좋은 결과가 나와서 다행이다."

"주아야. 축하해!"

강윤은 주아의 어깨를 두드렸고, 희윤은 손을 잡으며 오디
션 합격을 축하해 주었다.

주아는 남매를 끌어안으며 감사를 표했다.

"정말…… 고마워."

강윤과 희윤은 말끝을 흐리는 주아의 모습에 흐뭇한 미소를 지었다.

"아악! 우리 한유가 오타쿠가 돼가고 있어!"

에일리 정은 떡진 머리를 한 채 음향시설로 가득 채워진 방에서 나오는 서한유에게 질렸는지 몸을 부르르 떨었다.

"언니, 오타쿠라니요."

"오타쿠, 오타쿠우. 우리 막내 머리 좀 봐. 그게 뭐니?"

"머리요?"

서한유는 기름기로 번들거리는 머릿결을 쓸어내리며 아무렇지도 않은 듯, 다시 방 안으로 들어갔다.

"우리 막내가 이상해졌어."

굳게 닫힌 문을 보며 에일리 정이 연신 투덜거리자 부엌에서 과일을 갈아마시던 정민아가 끼어들었다.

"이상하긴 뭐가 이상해. 건전한 취미잖아."

"며칠 동안 머리도 안 감고…… 저게 건전해?"

언니들이 동생의 취미에 이러쿵저러쿵 말들이 많았지만,

본인은 전혀 알지 못했다.

방 안에서, 서한유는 박소영과 편곡과 프로듀싱에 대해 열띤 토론을 하고 있었다.

"언니, 이 부분에서는 잼배 1번보다 3번을 쓰는 게 낫지 않아요?"

"그래? 시원하기는 1번이 더 나은데."

"그렇긴 한데, 분위기가 있잖아요."

"일단 둘 다 해보자. 아, 숙제 어렵다……."

강윤이 준 숙제 때문에 두 사람은 몇날 며칠 동안 골머리를 썩고 있었다.

초췌한 모습이었지만, 두 여인의 눈에는 생기가 넘치고 있었다.

집으로 돌아가는 비행기 안.

주아가 오디션에 대한 감사의 의미로 강윤과 희윤에게 1등석 티켓을 끊어주어 두 사람은 편하게 돌아갈 수 있었다.

어둑한 하늘에서, 희윤이 담요를 덮고 잠을 자고 있을 때, 강윤은 이어폰을 끼고 한 손에는 악보를 들고 있었다.

'이 곡은 많이 다듬지 않으면 쓰기 어렵겠어. 특징이 없어.'

희윤이 모두가 함께 부르면 좋겠다고 만든 곡을 들으며, 강윤은 고개를 흔들었다.

곡의 고저도 애매하고, 색깔도 뚜렷하지 않았다. 모두를 생각하다보니 오히려 개성이 죽어버린 모양이었다.

강윤은 악보에 수정이 필요한 부분을 체크하고는 이어폰을 뺐다.

자세를 고쳐 앉고 창가를 바라보니 맑은 밤하늘에 별빛이 반짝였다.

'멋있네.'

편안하게 의자를 세팅하고 잠을 자는 희윤과 다르게, 강윤은 쉽게 잠을 이루지 못했다.

그는 앞에 있던 스튜어디스를 불러 신문을 요청했다.

"감사합니다."

강윤은 스튜어디스가 가져다 준 신문을 펼쳤다.

정치, 사회 등 차분히 기사를 읽어나가다 연예 및 엔터테인먼트 쪽으로 페이지를 넘겼다.

-트로트계, 계속되는 불황에 신규발매 앨범 계속 줄어…….

트로트계가 울상이다.

2007년부터 계속된 불황에 새로 발매되는 트로트 가수의 앨범이 지속적으로 줄어들고 있다. 2012년에도 계속된 여자 아이돌 가수의 강세 속에 트로트 앨범은……중략…….

　가수 남훈은 2030까지 아우를 수 있는 트로트 앨범의 필요성을 역설하며 목소리를 높였다.

　2013년에도 아이돌 앨범의 강세가 예상되는 가운데, 트로트 장르가 살아남을 수 있을지 귀추가 주목된다.

　기사의 내용에 강윤도 깊이 공감했다.

　'누구나 쉽게 접근할 수 있는 트로트. 그런 곡을 만들어야 해. 쉽진 않겠지만 그렇게만 된다면 이 상황은 오히려 기회로 다가올 거야.'

　생각을 정리하고 강윤은 기사를 넘겼다.

　공항에 도착하니 이현지가 두 사람을 마중 나왔다.

　"사장님, 고생했어요. 희윤아. 졸업 축하해."

　그녀는 강윤의 빈자리를 대신하느라 초췌해진 모습이었다.

　간단하게 인사를 나누고, 세 사람은 회사로 향하는 차에 올랐다. 희윤을 집에 내려다주고 올 생각이었지만 그녀가 우기는 바람에 바로 회사로 향하게 되었다.

　차 안에서, 강윤은 이현지에게 콘서트 진행 상황을 들을 수 있었다.

　"그때 사장님이 선정한 업체들을 다 만나봤어요. 그런데 만나보니까 애매하더군요."

"애매하다?"

이현지가 보낸 업체 리스트 중, 강윤은 두 곳을 선정해 협상을 해달라고 요청했다.

그녀는 두 곳과 사전에 이야기를 해두었지만, 엘인조명에 비해 모두 모자란 구석들이 있었다.

"두 업체 다 5천 명에서 최대 1만 명 규모의 무대까지는 어떻게든 소화할 수 있다고 이야기하더군요. 그런데 단위가 배가 되니까 쉽지 않다고 이야기하더군요. 그 정도면 엘인 정도 규모의 업체가 아니면 힘들다고……."

"다른 업체들도 그때는 다 일정이 있으니…… 쉽지 않군요."

엘인과 비슷한 규모의 업체들은 공교롭게도 다 일정이 있었다.

강윤의 이마에 주름이 깊이 파였다.

회사에 도착한 후, 희윤은 스튜디오로 향했고 강윤은 바로 사무실로 올라갔다.

강윤 일행을 기다리고 있던 한빛조명과 비엔조명의 사장들이 자리에서 일어나 그들을 맞아주었다.

"반갑습니다, 이강윤이라 합니다."

"안녕하십니까."

서로 간단하게 인사를 나누고, 네 사람은 자리에 앉았다.

시차적응 등의 문제가 있었지만 강윤은 개의치 않고 진하게 탄 커피를 마시며 몸을 달랬다.

"오면서 들으니 두 업체 모두 만 명까지 소화할 수 있다 들었습니다."

강윤의 물음에 한빛조명의 대표 주태영이 먼저 말했다.

"맞습니다. 저희 한빛의 장점은 최근 새로운 장비를 구입했습니다. 구형 장비로 톤이 안 나오는 일은 없습니다."

이에 질세라 비엔조명의 문기현 사장도 끼어들었다.

"저흰 15년 이상의 노하우를 바탕으로 하고 있습니다. 뮤지컬, 콘서트 등 다양한 무대에서 쌓인 경험이 저희의 큰 장점이지요."

어차피 자리는 하나다.

사활이 걸린 자리이기에 두 사장 모두 강윤에게 강점을 강하게 어필했다.

그러나 강윤은 생각이 다른 듯했다.

"중서 올림픽 종합운동장 규모가 2만 명입니다. 일단, 티켓은 모두 팔았습니다. 3일, 모두 매진입니다."

"……."

두 사장 놀라 꿀 먹은 벙어리가 되어버렸다.

계약이 되기만 한다면 돈이 안 들어올 걱정은 절대 없을 터였다.

"두 업체 모두 1만 명 정도의 무대가 가능하시다니…… 그렇다면 이번에 두 분 다 저희와 계약하시는 게 어떻습니까?"

"네?!"

"두 업체와 계약한다고 지불할 돈을 깎지는 않겠습니다. 모두 공연에만 집중해 주시면 됩니다. 어떤가요?"

두 사장 모두의 눈이 커졌다.

그렇게 되면 월드 입장에서 가져가는 파이가 줄어든다.

이렇게까지 해서 월드에서 얻을 게 뭐가 있을지, 문기명 사장이 조심스럽게 물었다.

"그, 그렇다면 월드에서 오히려 손해가 아닙니까?"

하지만 강윤은 걱정 없다는 듯, 웃으며 답했다.

"당장 파이는 줄어들겠지만, 오히려 무대에서 시도할 수 있는 것들이 많아지겠죠. 대신 디자인을 더 보강하겠습니다. 지금 엘인이 준 디자인에서 더 살을 덧붙일 생각인데, 그 정도는 가능하겠지요?"

"⋯⋯가능합니다."

주태영 사장이 고개를 끄덕였다.

강윤은 말을 이어갔다.

"거기에 갖가지 특수효과들이 들어갈 겁니다. 국내 팀이 아닌, 해외에서 오는 팀과 맞춰야 하니까 조명의 역할이 정말 중요해질 겁니다. 두 회사에서 정말 잘해주셔야 합니다."

이유 없는 투자는 없는 법이다.

해외에서 만났던 특수효과 팀과의 제대로 된 연대를 위해 강윤은 조명에 힘을 제대로 준 것이다.

계약을 더 끌 이유는 없었다.

두 사장은 이현지가 내민 계약서에 도장을 찍고, 강윤과 악수를 하고는 월드엔터테인먼트를 나섰다.

오자마자 한 가지 일을 해결한 강윤은 힘이 빠졌는지 소파에 깊숙이 몸을 묻었다.

"……힘드네요."

"수고하셨어요."

이현지는 강윤에게 직접 탄 꿀물을 내왔다.

강윤은 달달함을 느끼며 힘없이 미소 지었다.

"……감사합니다. 저, 잠시만 눈 좀 붙이겠습니다."

"네. 언제 깨워드릴까요?"

"1시간 후에요."

꿀물을 모두 비운 강윤은 곧 편안한 숨소리를 내며 잠이 들었다.

강윤의 보기 드문 모습에 이현지가 피식 웃었다.

"대단한 열정이야. 재훈 씨는 정말 든든하겠어."

그녀는 강윤이 책상에 놓은 영어로 된 서류들을 집어 들며 일을 시작했다.

2화
전설을 만드는 것은 쉽지 않다

일본 진출에 타격을 받은 윤슬엔터테인먼트는 방향을 전환해 중국으로 눈을 돌렸다.

원래 일본에서 노하우를 쌓아 중국, 이어 동남아시아로 진출을 할 계획이었지만, 추만지 사장은 생각을 바꿔 처음부터 큰 시장에 배팅을 하는 도박을 했다.

도박이었지만, 일이 잘 풀려 중국에서도 손꼽히는 연예 매니지먼트 회사인 ETM엔터테인먼트의 본사에 와 있었다.

[감사합니다.]

추만지 사장은 어색한 중국어로 차를 내온 직원에게 인사를 건넸다.

차이나 드레스를 입은 여비서는 가볍게 고개를 숙여 답례를 하곤 옆에 서서 곧 나올 사장을 기다렸다.

잠시 후.

정장을 입은 호리호리한 남성이 웃은 얼굴로 나와 추만지 사장을 맞아주었다.

[어서 오십시오. 페이 신이라 합니다.]

[추만지입니다. 처음 뵙겠습니다.]

처음 만나는 자리였지만, 두 사람 사이에 흐르는 분위기는 화기애애했다.

이미 중국 진출로 계약 조건을 맞추고, 도장을 찍는 일만 이 남은 상황이었기에. 이미 조건도 다 맞춘 상황이라 머리 아픈 말이 나올 일은 없었다.

페이 신 사장이 찻잔을 내려놓으며 물었다.

[다이아틴은 하야스 백화점의 모델로 첫 일정을 시작하게 될 것입니다. 음반일은 당분간 미루게 될 텐데 괜찮으신지요?]

[아쉽지만, 할 수 없죠. 하야스 측에서 강하게 원했다니. 덕분에 투자도 받을 수 있던 것 아니겠습니까.]

[하하하. 이렇게 화통하시니, 추 사장님과는 좋은 파트너가 될 수 있을 것 같습니다.]

두 사람은 웃으며 굳게 손을 맞잡았다.

하야스 백화점의 투자.

그리고 ETM엔터테인먼트와의의 계약.

윤슬엔터테인먼트는 다이아틴을 내세워 중국 시장으로 한

발을 내딛기 시작했다.

"아, 아아…… 아!"

지문이 사라진 거침없는 손길이 그녀의 가녀린 몸을 거침 없이 유린하자 그녀의 입가에선 주체할 수 없는 소리가 새어 나왔다.

"거, 거기……! 그쪽으로 좀 더……."

몸을 쓸어내리는 손길이 힘을 더해 갈수록 그녀의 목소리 도 점점 커져 갔다.

"아, 아아…… 아. 최고야…… 완전……."

그녀와 그녀를 올라탄 이를 비추는 이를 비추는 실루엣은 말로 표현하기 힘들 정도로 음…….

"아아아아아악!"

마사지사의 손길을 느끼는 그녀의 옆에서, 난데없는 비명 소리가 터져 나왔다.

"저, 저기…… 많이 아프세요?!"

남자의 등을 팔꿈치로 누르며 피로를 풀어주던 마사지사 는 갑작스레 터져 나온 남자의 비명에 놀라 몸을 움찔했다.

"으아아아아아아아아아아──!"

"아, 아프세요?"

답 없는 비명이 계속 이어지자 여자 마사지사는 넓은 등을 눌러대느라 땀으로 범벅이 된 이마를 훔치며 걱정스럽게 물었다.

한편 마사지를 받던 남자, 강윤은 어설프게 웃으며 답했다.

"괘, 괜찮아요."

간신히 그에게서 답이 나오자 마사지사는 죄송하다는 말과 함께 다시 두터운 등을 꾹꾹 누르기 시작했다.

"으악, 악!"

강윤은 힘겹게 등에서 느껴지는 통증을 참으며 눈을 움찔했다.

그의 모습에 옆에서 함께 마사지를 받던 여자, 이현지는 웃음을 참지 못했다.

"풉. 사장님도 못하는 게 있었군요."

"……솔직히 많이 아프…… 으악."

등에서 느껴지는 통증에 자리에서 벌떡 일어난 강윤은 마사지사에게 조금 더 살살해 달라고 부탁한 강윤은 간신히 몸을 진정시키고는 다시 엎드렸다.

금요일 밤.

요새 일만 한다며 칭얼대는 이현지에게 강윤이 원하는 것 한 가지를 들어준다고 한 것이 화근이었다.

일에 지칠 때마다 마사지로 스트레스를 풀곤 했던 그녀는 강윤을 단골 마사지 가게로 이끌었다.

그 결과…….

강윤은 고통 받고 있었다.

한참이 지나 강윤이 손맛이라는 것에 조금은 익숙해진 듯 하자, 이현지가 강윤에게로 얼굴을 돌렸다.

"사장님이 미국에 있을 때, 원 회장님을 만났었어요."

"그래요? 회장님은 건강하신가요?"

"……그렇다고 하고 싶지만…… 아니요."

고개를 흔든 그녀는 쓸쓸한 표정으로 말을 이었다.

"몸도 몸이지만, 심적으로 타격이 크신 것 같다고, 병원에서 이야기하네요. 원 회장님이 물러난 지금 MG는 원진표 사장 체제 하에 있지만 실제로는 이사들이 장악하고 있죠."

"원진표라면, 원 회장님 아드님이군요. 에디오스 데뷔 무대에서 본 적이 있는 것 같습니다."

강윤이 아는 척을 하자 이현지는 고개를 끄덕였다.

"맞아요. 원 회장님의 아드님이죠. 원래는 미국에서 그림을 전공한 예술가예요. 경영과는 인연이 없었지만, 아버지가 저리 되었으니……."

"여러모로 MG는 위기군요. 사옥 건도 그렇고. 원 회장님이 알면 상심이 크겠어요. 지금 사옥을 지을 때가 아닌데 말입니다."

"사장님도 그렇게 생각하시나요?"

이현지의 물음에 강윤은 강하게 고개를 끄덕였다.

"관광자원, 캐릭터 사업, 기타 활용을 위해 테마파크 같은
사옥을 짓는다. 중국 시장을 개척하면서 확실히 시장성이 있
다고 할 수 있죠. 덕분에 사업성을 인정받아 은행 자금도 대
출받을 수 있었다 생각합니다. 하지만 시기가 좋지 않았다고
봅니다."

"시기라면?"

"MG에서 제대로 된 신인이 나온 지 얼마나 되었죠?"

"아."

강윤이 나간 이후, MG에서는 소위 대박을 쳤다 할 만한
신인이 없었다.

가장 최근에 데뷔한, 에디오스를 잇는다는 헬로틴트도 그
들을 이을 만한 히트를 치지 못하는 상황이었다. 물론, 그동
안의 노하우가 있어 꾸준히 이익은 내고 있었지만 많은 여유
자금을 벌어들일 만한 수준은 결코 아니었다.

"원래 대출도 거의 없던 MG가 이번 건으로 부채비율이
급상승했습니다. 그 튼튼한 기업이 잘못하면 사모펀드 등의
먹이가 될 수도 있겠죠."

"에이. 그건 지나친 비약 아닐까요?"

"그렇겠죠? 후, 아니면 우리가 먹어버릴까요?"

강윤의 농담에 이현지는 크게 웃었다.

"하하하. 괜찮네요."

그때까지만 해도, 두 사람 모두 이 말을 농담이라고 생각하고 있었다.

"희윤아. 준비 다 됐어?"

출근을 위해 외투를 걸친 강윤은 희윤의 방문을 두드리며 그녀를 재촉했다.

"조금만!"

방 안에서는 분주한 소리가 들려왔다.

아침식사도 준비하고, 외출 준비까지 하는 그녀였기에 희윤의 아침은 부산했다.

그래도 얼마 있지 않아 문이 열리며 코트를 걸친 희윤이 나왔다.

"가자."

강윤은 동생과 함께 며칠 전 구입한 차에 올랐다.

미국으로 가기 전, 개인적으로 사용하기 위해 구입한 중고차였다.

한국에서 사업을 하기 위해서는 중고차로는 안 된다며 이현지가 타박을 했지만, 강윤은 나중에 사업이 잘되면 운전기사 딸린 외제차를 마련하겠다며 간신히 그녀를 설득해서 차를 마련했다.

"세단은 아니더라도 조금은 좋은 차 타도 되지 않아?"

출근길.

희윤은 강윤이 중고차를 타는 것이 마음에 안 들었는지 조금 뚱한 어조로 물었다.

하지만 그는 괜찮다며 고개를 흔들었다.

"내가 아껴야 다른 애들이 좀 더 누리지."

"……하여간. 그러다 몸 상한다?"

이른 시간에 나왔기에 차는 막히지 않았다.

빠르게 달려 회사에 도착하니 이현지가 그들을 기다리고 있었다.

"일찍 왔네요. 희윤 씨도 안녕?"

"안녕하세요, 이사 언니."

이현지와 희윤은 창가로 비쳐오는 아침햇살과 함께 커피 타임을 즐겼다.

희윤이 한국에서 돌아오자, 이현지는 소소한 대화를 할 사람이 늘어 즐거워하는 눈치였다.

"……그래서 그때……."

"어머머. 진짜요?"

자매 같은 그녀들의 모습에 강윤은 아빠미소를 지었다.

업무가 시작되자 희윤은 자신의 자리가 있는 스튜디오로 내려갔다.

강윤은 미국에 있던 희윤의 장비들을 스튜디오 옆의 빈 방에 설치해 주었고, 그곳은 희윤의 작업실이 되었다.

작업실에서 신디사이저의 소리가 퍼져갈 때, 이현아가 그녀의 방 문을 두드렸다.

"언니."

"희윤아. 우리 애들 좀 봐줄래?"

희윤은 이현아의 요청에 하얀달빛의 작업을 돕기도, 이후에 온 서한유와 박소영의 작업에 손을 거드는 등 여러 가지 일들을 해나갔다.

전속 작곡가이다 보니 회사 가수들의 모든 곡에 여러 가지 형태로 참여하는 건 어찌 보면 당연했다.

거기에 만들던 모두의 곡 작업도 하다 보니 그녀의 하루는 쏜살같이 흘러갔다.

"고마워요."

서한유와 박소영이 희윤에게 감사를 표하고 작업실을 나서자, 희윤은 의자에 몸을 힘없이 묻었다.

"후아. 힘들다."

축 쳐진 몸을 일으켜 기지개를 펼 때, 문 두드리는 소리가 들려왔다.

"네."

답을 하니 문이 열리며 두 사람이 들어왔다.

강윤과 연습생, 인문희였다.

"사장님. 문희 언니?"

강윤이 작업실에 들어오니 느껴지는 무게감이 달랐다.

모두 자리에 앉자 강윤은 차분히 용건을 이야기했다.

"문희가 부를 곡 이야기를 하려고 왔어?"

"노래 때문에? 벌써 데뷔하는 거야? 우와. 지민이보다 빠르네."

희윤의 눈이 왕방울 만해졌다.

김지민도 1년의 연습생 생활을 거쳐 가수로 데뷔를 했다. 그것도 빠르다고 생각했건만.

인문희가 그걸 갱신한단 말인가?

하지만 강윤은 고개를 흔들며 부정했다.

"아직 데뷔 시기는 멀었어."

"그런데 곡을 벌써 쓰라고? 멀었다면서?"

지금 만들고 있는 곡이 있었기에 희윤은 조금 날 선 답을 했다.

강윤은 차분한 어조로 말했다.

"문희한테 줄 곡은 신경을 많이 써야 해. 제대로 문희에게 맞는 곡을 만들어야 하니까."

"제대로 맞는 곡? 무슨 말이야?"

희윤이 알 수 없다는 듯 고개를 갸웃했지만 강윤은 자신의 말을 이어갔다.

"문희, 희윤이. 당분간 두 사람은 같이 붙어 다니도록."

"에?"

인문희마저 눈을 동그랗게 떴지만, 강윤에게 자비란 없었다.

"문희는 이번 주로 일 정리가 끝나는 거지?"

"네. 종업식 마치면 끝이에요."

"두렵진 않아?"

강윤의 물음에 인문희는 잠시 눈을 감았다.

당연히 떨리고, 두려웠다.

하지만 그보다 노래가 더 좋았다.

"무섭죠. 하지만 인생 뭐 있겠어요?"

"하하하."

강윤은 어깨를 으쓱이는 그녀의 말에 웃음이 나와 버렸다.

"이렇게 된 이상, 네 인생은 내가 책임질게. 무슨 수를 써서라도……."

"잠깐, 잠깐. 오빠, 뭐라고?!"

그런데 강윤의 말을 오해했는지 희윤의 눈이 도끼눈이 되었다.

"왜 그래, 희윤아."

"책임? 오빠. 문희 언니랑 무슨 사이…… 아얏!"

대번에 동생의 말을 이해한 강윤은 어이가 없어 동생의 머리를 쥐어 박아버렸다.

저녁 늦은 시간.

김재훈은 강윤의 허름한 중고차를 타고 밤샘 작업이 한창인 중서 올림픽 종합운동장으로 향했다.

"……"

자신이 설 거대한 무대를 김재훈은 담담한 눈으로 바라보았다.

하지만 그의 눈빛은 조금씩 떨려오고 있었다.

"……형."

"왜?"

"……고마워요."

김재훈은 벅차오르는 마음을 간신히 숨기며 떨리는 목소리로 말했다.

내려왔다, 올라왔다를 반복하며 세팅되는 파 라이트부터 바닥과 천장을 뒤덮은 무빙라이트, 하늘에 매달린 스피커들과 공연장을 둘러싼 서라운드 시스템을 만드는 스피커까지.

이곳을 찾아올 관객들을 위해 만반의 준비를 갖추고 있었다.

강윤은 그의 어깨를 두드려 주었다.

"떨리진 않아?"

"떨리죠. 아주 많이…… 그래도!"

김재훈은 공연장 앞으로 달려가며 외쳤다.

"기분이 아주 끝내줘요! 이런 떨림, 너무 오랜만입니다! 최고예요!"

몇몇 일하는 이들이 김재훈을 이상한 눈으로 바라보았지만, 그는 개의치 않았다.

공연장을 둘러보고 싶다는 김재훈을 매니저에게 맡기고, 강윤은 밤샘 공사에 열을 올리는 사람들을 위해 카드를 꺼내 들었다.

얼마 후, 사람들은 기대하지 않았던 새참에 강윤과 김재훈에게 감사하다 인사하고는 꿀맛 같은 휴식을 가질 수 있었다.

주먹밥을 입에 넣으며, 조명 디자이너 조한율은 조명 설계도를 강윤 앞에 보이며 말했다.

"그때 말씀하신 대로 분수와 레이저가 들어갈 자리들은 비워놨어요. 그런데 장치들 무게가 얼마나 된다고 하셨나요?"

"44파운드라니까, 20㎏ 정도 될 겁니다."

"그 정도면 무리는 없겠네요. 크기는요?"

강윤은 디자이너와 장치에 대한 이야기를 하며 말을 맞춰 갔다.

짧은 휴식이 끝나고, 디자이너를 비롯한 모두가 일을 위해 제자리로 돌아가니 강윤도 김재훈과 함께 그들로부터 멀찍이 떨어졌다.

"이제 그만 가자."

순조롭게 진행되는 공연장에 안심하고 돌아가려는데, 강윤의 핸드폰에서 벨소리가 들려왔다.

미국에서 온 전화였다.

강윤은 자연스럽게 영어로 전화를 받았다.

[네, 이강윤입니다.]

강윤이 장치를 대여한 미국의 특수 장치 회사 관계자였다.

평소 정중하던 이들의 목소리가 다급하게 들려왔다.

[사장님, 큰일입니다.]

[무슨 일 있습니까?]

[통관에 문제가 생겼습니다. 다른 부품은 다 통과가 됐는데 핵심 부품에 문제가 생겨서 공항에 묶여 있다고 연락이 왔습니다.]

[네?]

강윤의 눈이 휘둥그레졌다.

관계자의 말은 이러했다.

다른 모든 장치는 모두 통과가 되었으나 레이저를 쏘는 핵심부품이라는 'Bim-Votan'이 통관에 문제가 생긴 것이다.

처음 협의를 했을 때, 강윤은 통관에 문제가 없을 것이라고 이야기를 들어 당혹스러웠다.

[이런. 지금까지 어디에서도 통관에는 문제가 없었다고 하지 않았습니까?]

[죄송합니다. 저희도 이런 경우는 처음이라…… 통관에 더 까다롭다는 일본에서도 문제가 없었는데…… 한국에서 문제가 될 줄은 상상도 못했습니다.]

강윤은 긴 한숨을 내쉬었다.

'호언장담을 했을 때부터 예상을 했어야 하는 건데…….'

결국 자신의 불찰이었다.

만약의 사태를 예측하지 못한 자신의 책임.

강윤은 더 이상 관계자를 탓하지 않았다.

지금은 일단 해결책을 빠르게 모색하는 것이 중요했으니까.

[……알겠습니다. 지금은 일단 해결책을 찾도록 하죠. 공항에 묶인 이상 제 시간에 들어오기란 쉽지 않겠군요.]

[죄송합니다. 필요하시다면 다른 장치라도…….]

전화기에서 진심으로 미안하다는 말이 들려왔지만 강윤은 고개를 흔들며 답했다.

[일단 지금은 해결하는 게 급선무입니다. 일단은 최대한 빨리 공항을 빠져 나올 수 있도록 해주세요.

[알겠습니다.]

[이쪽 일은 저희가 어떻게든 수습해 볼 테니, 최선을 다해주십시오.]

통화를 마치고, 강윤은 조명 디자이너와 총연출 유동철을 불러 지금 상황을 이야기했다.

핵심 시설 중 하나인 특수 레이저를 활용하기 힘들다는 말을 듣고, 그들의 얼굴이 노랗게 변했다.

"큰일이군요. 이렇게 되면 그때 활용 할 조명 톤도 다 바꿔야 한다는 이야기인데……."

조한율 디자이너는 입술을 굳게 다물며 심각한 표정을 지었다.

조명 톤을 바꾼다는 것이 생각만큼 간단한 이야기가 아니었다. 무대의 앞뒤, 노래의 성격, 무대장치 등 모든 요소를 고려해 톤을 구성해야 하니 말이다.

총연출 유동철도 팔짱을 끼고는 인상을 구겼다.

"사장님, 이렇게 되면 당장 저 분수 시설은 쓸 곳이 없어집니다. 물과 레이저의 조합으로 사람들 시선을 단번에 사로잡는 것이 포인트인데…… 레이저가 빠져 버리면 그게 힘들어집니다. 분수와 조명만으로는 애초에 생각한 연출이 힘들

테니까요."

강윤도 그들과 같은 생각이었다. 하지만 그보다 더 중요한 것이 있었다.

"일단 두 가지를 생각해 볼 수 있을 것 같습니다. 아예 분수를 빼버리고 다른 것을 채워 넣는 방법, 아니면 분수와 함께 활용할 다른 것을 채워 넣는 방법. 어떤 것이 좋을지 함께 생각해 보죠."

"명확해서 좋네요."

유동철 연출은 시원하게 웃었다. 위기의 상황이었지만, 리더가 알아서 정리를 해주니 혼란스럽지 않았다.

강윤은 손뼉을 치며 이목을 집중시켰다.

"당장 생각하는 것은 무리일 겁니다. 일단 각자 일을 해나가면서 생각해 보는 것이 좋을 것 같네요. 저도 대체할 것들을 알아보겠습니다. 생각나면 바로 연락을 주십시오. 만약 대체할 것이 없다면……."

강윤은 눈에 힘을 주었다.

"엎어버리고 새 판을 짜면 되니까 너무 심각하게 생각하지 맙시다."

심각한 상황을 웃음으로 넘기는 강윤의 모습에 두 사람은 웃음을 터뜨렸다.

♪ ♪♪ ♪♪ ♪ ♪♪ ♪

"上を向いてあるこう－ 涙がこぼれないように－"

부스 안.

마이크를 잡은 인문희는 어눌한 발음으로 일본의 국민가요라 일컬어지는 엔카를 연습하고 있었다.

요새는 듣기도 쉽지 않은 60년대 엔카를 그녀는 온몸에 땀을 흘리며 열심히 부르고 있었다.

"思い出す春の日－ 一人ぼっちの夜～"

그녀의 목소리는 잔잔한 멜로디를 무난히 타며 노래를 이어나갔다.

한창 노래를 이어나갈 때, 그녀가 쓴 헤드셋 안으로 목소리가 들려왔다.

－문희 언니. 발음을 조금만 더 명확하게 했으면 좋겠어요.

부스 밖 믹서 앞.

희윤이 마이크를 든 희윤이 매처럼 눈을 치켜뜨고 있었다.

"네. 알았어요."

－다시 해볼게요.

스피커에서 다시 인문희의 노래가 흘러나왔다.

희윤은 믹서 위에 펼쳐놓은 '이창연과 함께하는 일본어회화'라는 책을 꾸깃꾸깃 넘겼다.

음악공부가 아닌, 팔자에도 없는 일본어 공부를 하는 심정은 참…….

'이 정도면 문희 언니에 대해 알만큼 알았다는 생각이 드는데…… 왜 오빠는 문희 언니랑 계속 붙어 있으라고 하는 거지?'

다른 가수들하고 확연히 다른 차이라도 있는 걸까?

트로트에 이어 엔카를 연습하는 인문희의 모습을 계속 본 지 며칠.

사실 다른 가수들과의 차이점이 어떤 것인지 알기가 쉽지 않았다.

'그래도 오빠가 하라는 거니까…….'

무슨 이유가 있겠지.

그녀가 아는 오빠는 결코 이유 없는 말을 할 사람이 아니니까.

"자, 잠깐. 뭐, 뭐라고오?!"

MG엔터테인먼트 이사실에서는 문밖으로 소리가 새어 나갈 정도의 굉음이 터져 나오고 있었다.

"주, 주아야……! 두, 두 달이나 스케줄을 빼달라니?! 이 중요한 시기에 그게 가당키나 한 소리니?!"

정현태 이사는 주아의 말을 듣고는 기가 막혀 눈앞이 캄캄해졌다.

가뜩이나 회사 건축 때문에 돈도 없는데 두, 두 달이나 쉰다고라고라!?

다른 애들이 그런 말을 했으면 엉덩이가 원숭이 엉덩이가 되도록 두들겨 줬을지도 모르지만, 하필이면 상대가 주아였다.

"무작정 빼달라는 게 아니잖아요. 작년에 저, 얼마나 쉬었나요?"

"……흠흠, 그건…….."

그녀의 덤덤한 말에 조금 주춤해진 정현태 이사의 모습에 힘을 얻었는지 주아는 거세게 말을 이어갔다.

"말을 안 해서 그렇지, 내가 헬로틴트 애들같이 매일 굴러다닐 정도의 위치는 아니잖아요? 그런데도 군말 없이 회사 말 잘 들어줬잖아요. 아침에 한국, 저녁에 일본, 다음 날엔 베트남! 아니, 모양 빠지게 이게 뭐냐고요. 나, 작년 스케줄이 이랬어요. 그것도 휴가 한 번 없이!"

"……"

"됐고, 이때 스케줄 비워줘요. 안 그러면 나도 진서처럼 하고 다닐 거니까."

진서라는 말에 정현태 이사의 얼굴이 새하얗게 질려 버렸다.

그나마 주아는 말을 듣는 시늉이라도 했는데, 진서는…….

"주아야. 그게…….

"나 가요."

할 말을 마친 주아는 이사실을 박차고 나가 버렸다.

진절머리 나는 스케줄을 군말 없이 수행한 그녀였지만, 사실 안에서는 불만이 쌓이고 있었다.

열린 이사실문을 보며 정현태 이사는 긴 한숨을 내쉬었다.

"……주아 얘는 미국에만 갔다 오면 폭탄을 들고 오네. 그땐 누구로 메운다……?"

주아가 빠지면 그 공백은 다른 사람으로 메우는 수밖에 없었다.

그는 전화를 들어 비서실을 연결했다.

"멀어져 가는 너의 맘-난 잡을 용기가 없어-"

갖가지 화려한 조명이 김재훈의 머리 위에 쏟아지며 무대 밑에 드라이아이스가 깔렸다. 그와 함께 그가 선 자리가 천천히 움직이며 위로 솟아올랐다.

무대 밑에서 그 모습을 보던 강윤이 옆에 있던 유동철 연출에게 말했다.

"부상 장치는 나쁘지 않군요. 그런데 드라이아이스라……."

"구관이 명관입니다. 심플하지만 모두에게 주목을 받을 수 있는 건 하늘로 올라가는 거죠."

유동철 연출은 자신감을 드러내며 가슴을 폈다.

일을 하던 도중, 그는 강윤에게 이 일을 맡겨 달라 했고, 그 결과물이 이 부상 장치였다.

점점 위로 올라가는 김재훈을 보며 강윤은 눈을 가늘게 떴다.

"……포그머신으로 연출을 하면 어떨까요? 드라이아이스 연기는 무거워서 뜨질 못해서 부상 장치가 드러날 텐데……."

"포그머신으로는 풍성한 연기가 연출되지 않습니다. 그래서 드라이아이스를 쓴 것인데……."

"흠. 이거 어렵네요. 참 좋은 연출 같은데 부상 장치가 저렇게 드러나 보이면 없어 보일 것 같아서 걱정입니다."

김재훈의 열창이 이어지는 가운데, 강윤은 연출가와 심각한 표정으로 이야기를 나누었다.

하지만 명확한 해결방안이 떠오르지 않아 난항을 겪고 있었다.

99%를 완성해 놓고, 1%를 채우기 위한 전쟁을 하고 있

었다.

두 사람이 심각하게 회의를 하고 있는데, 한쪽에서 소녀의 눈을 하며 김재훈의 노래를 감상하고 있던 하세연 사장이 다가왔다.

"아아, 우리 재훈 오빠는 역시…… 응? 사장님. 왜 그래요? 뭐가 잘 안 풀리나요?"

하세연 사장은 보기 드문 강윤의 심각한 표정에 궁금했는지 물었다.

강윤은 손짓으로 유동철 연출을 보내고는 그녀에게 웃으며 답했다.

"아닙니다. 무대 연출이 원하는 만큼 나오질 않아서요."

"그래요? 제 생각엔 좋기만 한데…… 물론 내가 김재훈 팬클럽 회원이라 그런 것도 있어요. 헤헤."

사업 이야기를 할 때와는 다르게, 웃음기를 실실 흘리는 하세연 사장의 모습에 강윤은 웃음이 새어 나왔다.

"보기 좋네요. 아, 감사 인사를 못 드렸네요. 덕분에 좋은 스크린을 싸게 설치할 수 있었습니다."

강윤은 공연에 큰 비중을 차지하는 스크린을 가리키며 감사를 표했다.

하세연 사장 덕에 스크린에 들어갈 비용을 절반 정도로 줄일 수 있었으니 말이다.

"아니에요. 저야말로 콘서트에 도움이 되었다니 너무 좋은걸요. 아, 재훈 오빠······."

"······."

강윤은 헛기침을 하며 김재훈에게로 눈을 돌렸다.

어느덧, 부상 장치가 점점 내려가며 그의 목소리가 점점 잦아들고 있었다.

'드라이아이스 양은 많은데 전혀 위로 뻗어가지 못하고 있어. 저대로 가면 부상 장치 일부가 보일거야.'

강윤은 스태프들과 무대에 대해 이야기하는 김재훈에게 다가갔다.

"무대는 어떠니?"

"음향은 아주 좋아요. 울림도 적당하고. 그런데 위로 올라가니까 조명이 너무 눈이 부셔요. 앞도 잘 안보이고······."

김재훈은 위로 올라가는 게 여러모로 불편했다.

조명을 줄여보겠다며 조명 감독이 이야기하자 김재훈은 고개를 끄덕였다.

그때, 강윤이 무전기를 들었다.

"이 부상 장치, 아예 밑으로 내리죠."

"네?"

모두가 의아함을 드러낼 때, 강윤이 계속 말을 이어갔다.

"차라리 밑에서 올라오는 리프트 장치로 수정을 하죠. 드라이아이스에 조명 등 다 어울리는 거에 시간을 절약하려면 이게 최선일 것 같습니다."

─그렇게 된다면 저희야 편한데…… 작업에 2일 정도는 걸릴 겁니다. 괜찮을까요?

거기에 이런 리프트가 생긴다면 할 수 있는 연출이 많아진다.

유동철 연출이 걱정과 기대를 섞어 묻자 강윤은 과감하게 말을 이어갔다.

"어설프게 오래 하는 것보다 제대로 연습하는 것이 낫습니다. 죄송합니다. 제가 고집을 부려서……."

─아닙니다. 사장님이 이렇게 과감히 결정을 내려주시니 오히려 편안합니다. 저희 이야기도 잘 들어주시고…….

사실, 유동철 사장도 저 부상 장치는 고육지책이었다.

그런데 강윤이 그런 도박성을 안정적인 것으로 바꿔주니 마음이 편안해졌다.

"재훈아. 미안해. 조금만 참아줘."

"전 괜찮아요. 더 좋은 무대를 위해서잖아요."

강윤이 미안한 기색을 드러내자 김재훈은 고개를 흔들었다.

쇠뿔도 단김에 빼라고, 바로 리프트 설치가 시작되었다.

7일 후.

콘서트가 시작되기 5시간 전.

2월의 마지막 추위가 닥쳐온 날이었다.

중서 올림픽 종합운동장 밖에는 사람들이 두껍게 옷을 껴입고 공연장 입장을 기다리고 있었다.

"오, 오늘…… 와, 완전…… 기, 기대……."

"추…… 추……."

추워서 말도 하기 힘든 날이었지만, 관객들의 마음은 하나였다.

무대 안에서는 마지막 리허설이 한창이었다.

"눈물을 머금고 그댈 기다린다~"

김재훈은 마지막으로 마이크와 인이어를 체크했고, 스태프들은 자신의 할 일들을 해나갔다.

무대 앞, 조명감독과 음향감독은 거대한 무대 조절에 힘을 다했고 그들의 손가락에서 무대의 화려함이 빛을 더해갔다.

드레스 리허설까지 끝이 나고, 무대를 가리는 천막이 내려갔다.

그와 함께 공연장에 관객들의 입장이 시작되었다.

"으, 추워, 추워!"

관객들은 앞에서 나누어주는 빵과 우유를 집어 들고는 자리로 향했다. 추운 곳에서 오랫동안 기다린 것에 대한 미안

함의 표시였다. 빵에 김재훈의 캐리커처가 들어간 것이 포인
트였다.

이런 서비스에 사람들은 감동했고, SNS에 인증을 한 이들
도 있었다.

–김재훈 마음에 감동감동ㅠㅠ 춥고 배고파서 거지같은 내 마음 재
훈 님이 빵과 우유로 달래줌…….

팬들이 그렇게 몸도 녹이고 허기도 채워가고 있을 때, 김
재훈은 대기실에서 마인드 컨트롤을 하고 있었다.

"후우……."

그는 지금까지의 시간을 돌이켜보았다.

가수로 데뷔한 이후 성공가도를 달렸지만, 이후 소속사에
의해 추락.

그리고 군대, 이후 재기를 위해 몸부림쳤지만 제대로 된
일이 없었다. 하지만…….

강윤을 만났다. 그리고…….

오늘, 이 자리까지 오게 되었다.

'꿈…… 아닐까?'

볼을 꼬집어보았지만, 아팠다.

꿈은 아닌 듯했다.

그렇게 홀로 피식 웃고 있을 때, 문 두드리는 소리와 함께 강윤이 들어왔다.

"형."

"상태 좀 보려고 왔지."

김재훈은 괜찮다는 듯, 빙긋이 웃어 보였다.

"당연하죠. 제가 누군데요."

"그러네."

김재훈은 당연하다는 듯, 손을 들어 보였다.

강윤은 그와 하이파이브를 하며 말했다.

"잘하고 와."

"네."

강윤은 더 말하지 않고 대기실을 나왔다.

닫힌 문을 보며, 김재훈은 작은 목소리로 중얼거렸다.

"고마워요, 형."

문을 더 보면 눈물이 핑 돌 것 같아, 그는 얼른 시선을 돌려 버렸다.

스크린에 김재훈의 영상이 흘렀다.

데뷔 전의 영상부터 갓 데뷔했을 때의 영상, 이전 가요대전 등에서 수상을 했을 때의 모습들이 하나하나 흘러나왔다.

그러다가, 눈보라 치는 영상과 함께 김재훈이 기침하는 모습을 내보내기 시작했다. 목에 이상이 생겼다는 이야기와 함께, 점점…… 그가 밑으로 떨어지는 모습을 보여주었다.

그리고 군대에서 전역 후, 아무 곳에서도 찾지 않는 모습에서 절정을 찍었다.

"……."

"……."

김재훈의 이전 모습을 아는 사람들은 그 영상에 깊이 몰입했다.

자막하나 없는 영상은 그의 이전 모습들을 담담히 담았다. 그것이 오히려 사람들의 마음을 진하게 울렸다. 어떤 이들은 훌쩍이기까지 했다.

그러나 눈보라 속에서도 그는 노래를 멈추지 않았다. 그리고 햇살이 비치며 눈보라는 조금씩…… 걷히기 시작했다.

어두웠던 스크린이 조금씩 환해지더니 모든 조명이 일제히 빛을 발했다.

그와 함께…….

"Are You Ready?!"

관객들이 그토록 듣고 싶어 하던 김재훈의 목소리가 공연장을 가득 메웠고,

"와아아아아아아아—!"

엄청난 환호성으로 그들은 답했다.

그와 함께 빛을 발하던 스크린이 반으로 갈라지며 김재훈
이 달려 나오며 콘서트가 시작되었다.

♪♬♩♪♪♬♩♪

MG엔터테인먼트 이사실.

기운 없는 표정으로 원진표 사장은 마이크를 잡았다.

"······이상으로 회의를 마치도록 하겠습니다."

긴 회의의 끝을 알리는 선언에 이사들은 묵직한 엉덩이를
들어올렸다.

모두가 웅성거리며 자리에서 일어날 때, 이한서 이사가 조
심스럽게 다가와 원진표 사장의 귓가에 속삭였다.

'사장님. 정말 다음 분기에 이 정도 예산을 집행하는 겁니까?'

원진표 사장은 근심 가득한 그의 얼굴을 올려다보았다.

오늘 통과된 예산안은 그가 생각해도 말이 안 되는 규모
였다.

지금의 MG엔터테인먼트의 재정 상태로는 당연히 긴축을
해야 맞았지만······.

스타들이 그때그때 벌어오는 수익이 많다는 이유로 이사
들은 과감한 투자가 필요하다며 예산안을 통과시켰다.

반대 거수는 오직 한 명.

이한서 이사뿐이었다.

'……제가 무슨 힘이 있습니까.'

원진표 사장은 어깨는 힘없이 어깨를 늘어뜨렸다.

그 모습이 못마땅했는지 이한서 이사는 그답지 않게 강한 어조로 말을 이어갔다.

"사장님. 이대로 가면 회사가 어찌될지 모릅니다. 지금 애들은 무리한 스케줄에 원성이 자자하고, 회사 분위기도 갈수록……."

그때, 정현태 이사가 다가와 그의 어깨를 가볍게 두드리며 말을 가로챘다.

"사장님. 힘든 결단 내려주셔서 감사합니다."

이한서 이사가 불쾌한 표정을 드러냈지만, 정현태 이사는 여유 있는 얼굴로 그를 무시했다.

"정 이사. 지금……."

"아아."

이한서 이사가 발끈했지만 정현태 이사는 이한서 이사의 어깨를 털어주며 말을 이어갔다.

"단기간에는 힘들겠지요. 하지만 길게, 길게 보면 다 투자가 될 겁니다. 좀 더 장기적인 시선으로 보자고요."

그 말에 이한서 이사는 코웃음을 쳤다.

"허. 길게? 길게 보자니. 건축하느라 예산을 두 배나 늘리자는 걸 내가 모를 줄 아십니까? 이대로 가면 회사가 통째로 흔들릴 수도…….”

“어허이.”

그의 정론이 못마땅했는지, 정현태 이사는 인상을 썼다.

“우리 회사가 어떤 회사인데 이 정도로 휘청하겠습니까. 좀 더 긍정적으로 보십시다. 우리 사장님이 괜히 승낙하셨겠습니까. 안 그런가요?”

“…….”

“후후. 그럼 이사님, 나중에 뵙지요.”

정현태 이사가 손을 흔들며 나가자 이한서 이사는 입술을 질끈 깨물었다.

“긍정적? 이 상황을 어떻게 긍정적으로 보라는 거지?”

사장도 무시하는 이 상황을 어떻게 긍정적으로 보라는 말인가.

조금만 안정되면 회사에서 발을 빼려고 했건만…….

이한서 이사는 갈수록 폭풍에 휘말리는 회사의 모습에 기나긴 한숨을 내쉬었다.

“그 자리에 네가 없다는 걸– 상상도 할 수 없었어~ 하지만~”

김재훈의 잔잔한 목소리가 피아노에 흐르며 관객들을 매료시켰다.

1절이 끝나고, 반주가 흐르며 무대 밑에서는 솔로 프레이즈를 하는 바이올린이 올라왔다.

그와 함께 어두운 블루 톤의 조명이 천천히 밝아지며 연주가 풍성해졌다.

긴 드레스를 입은 미모의 바이올린 연주자는 분위기를 한껏 끌어올리고는 어둠 속으로 사라졌고, 힘을 받은 김재훈은 목소리를 앞으로 주욱 밀어냈다.

"사랑해─ 너만을~"

김재훈만의 강렬한 목소리가 관객들의 가슴을 강하게 파고들었다.

옅게 깔린 연기에 파 라이트가 효과를 더했는지, 그의 얼굴에 입체감을 더했다.

양 옆의 스크린에 김재훈이 진하게 감정에 몰입한 모습이 비치며 관객들을 더더욱 빠져들게 만들었다.

'흠⋯⋯.'

강윤은 모든 무대를 한눈에 볼 수 있는 조명감독 옆에 서 있었다.

그의 눈에는 보컬, 악기, 춤, 조명 등등 수많은 요소들에서 나오는 음표들이 하나로 합쳐져 하얀빛을 뿜어내고 있었다.

하얀빛에는 무언가 반짝이는, 은빛이 있었다.

'진짜는 2부부터니까.'

완전한 은빛을 기대했지만 조금은 실망스러웠다.

그래도 엄청난 환호를 받는 김재훈의 모습에 강윤은 2부에 대한 기대감을 높였다.

순서가 차근차근 진행되고 있을 때, 그의 옆에 인기척이 났다. 돌아보니 이현지였다.

"이사님."

"여기 완전 명당이네요. 이런 명당을 두고 왜 밑에 있었지……."

이현지의 능청에 강윤은 피식 웃으며 그녀를 이끌어 옆자리로 이동했다. 감독들을 방해하지 않기 위해서였다.

김재훈의 무대가 계속 이어지는 가운데, 그녀가 말했다.

"이번에 재훈 씨가 이를 단단히 갈았나 보네요. 목소리에서 뭔가가 느껴져요."

"그런가요?"

"아닌가요? 아주 단단히 벼르고 벼른 것 같은데……."

사실 강윤도 그렇게 느꼈지만 내색은 하지 않았다.

말은 안 했지만, 김재훈만큼 콘서트를 기다려 온 이도 없었을 터.

'어라?'

강윤의 눈에 김재훈에게서 나오는 음표가 파란색에서 짙은 남색으로 변하는 것이 들어왔다. 같은 노래를 부를 때, 음표의 색이 변하는 일은 드문 일이었기에 강윤은 눈을 치켜떴다.

'뭐지?'

이현지와 대화를 하다가, 강윤은 시선을 완전히 김재훈에게로 돌렸다.

그런데…….

"너를 사랑하기엔- 내가 조금 모자라-"

김재훈의 음표가 요동쳤다.

파란색이 남색으로, 다시 파란색으로.

파란 음표가 섞일 때는 하얀빛, 남색 음표일 때는…….

'은빛?!'

드디어 원하던 은빛이 빛을 발했지만, 그 은빛은 오락가락했다.

파란 음표와 남색 음표가 들쑥날쑥했던 것이다.

깊이 몰입을 하다 깊이 들어가지 못하는 그의 모습에 강윤은 그의 모습을 유심히 살폈다.

그러다가 뭔가를 알아챘는지 그는 바로 감독들이 있는 곳으로 향했다.

그곳에서는 느긋하게 믹서를 만져야 할 음향 엔지니어가

진땀을 흘리며 기계를 조작하고 있었다.

"볼륨이 갑자기 왜 이렇게 틀어졌지……."

다 맞춰놓은 볼륨들이 미세하게 틀어졌는지 급히 수습하는 모습에 강윤은 '김재훈 모니터'라고 쓰인 곳을 손가락으로 가리켰다.

"네?"

음향 엔지니어는 멍하니 강윤을 바라보자 그는 김재훈을 가리켰다.

김재훈을 자세히 보니 고개를 오른쪽으로 계속 기울이고 있었다. 인이어가 꽂힌 귀였다.

강윤의 뜻을 알아챈 엔지니어는 빠르게 기계를 조작했고 김재훈은 바로 안정을 되찾았다.

"사랑해−너를−−!"

그러자 거짓말처럼, 김재훈에게서 짙은 남색의 음표와 함께 아름다운 은빛이 뿜어져 나오기 시작했다.

음향 엔지니어가 미세하게 틀어진 소리를 수습하는 모습을 보며 강윤은 다시 이현지에게로 돌아갔다.

김재훈의 목소리가 달라진 걸 느꼈는지, 이현지의 눈에도 화색이 돌았다.

"와우. 이거 나도 재훈 씨 팬 되겠는데요?"

"하하하."

소녀로 돌아간 듯, 눈을 반짝이는 이현지를 보며 강윤은 웃음을 터뜨렸다.

1시간이 넘는 1부는 금방 흘러갔다.

김재훈은 2집 수록곡, '너에게 흐르는 마음'을 마무리하고 관객들에게 고개 숙여 인사를 했다.

"감사합니다."

"와아아아ー!"

"2부에서 봬요."

무대가 어두워지고, 관객석의 불이 켜졌다.

10분간의 휴식시간이 주어졌고, 잠시 공연장이 웅성거렸다.

10분이라는 시간은 짧았지만, 관객들에겐 매우 길게 느껴졌다.

무대 뒤에서는 다시 시작될, 곧 나설 이들이 기다리고 있었다.

"와, 무지 떨린다……."

유나윤은 갈라지는 스크린 틈새로 살짝 보이는 수많은 관객들을 보며 숨을 죽였다.

"에이, 엘이 혼자 나가는 게 아니잖아."

김지민은 라이벌이자 친구인 그녀의 어깨를 감싸며 힘을 북돋아 주었다.

그러자 유나윤은 장난스럽게 입꼬리를 들어올렸다.

"후후후. 1인자의 여유인가?"

"뭐야. 그런 말 하면 싫은데."

"에이. 장난이야, 장난. 고마워. 난 이렇게까지 많은 사람 앞에 나서본 적은 없거든."

이제는 1분도 남지 않았다.

시간이 다가올수록 유나윤은 심장이 터지고, 다리가 후들 거렸지만 온몸에 힘을 단단히 주었다.

"가, 가자."

2부를 알리는 영상이 흘러나오는 소리를 듣고, 유나윤은 목소리를 떨었다.

김지민은 안심하라며 그녀의 어깨를 감쌌다.

"같이 하는 거잖아. 우리 잘해보자."

"……응."

라이벌이지만, 친구…… 라는 것이 이런 것일까?

김지민은 열리는 스크린 사이로 유나윤을 가볍게 밀어주 며 용기를 북돋아주었다.

"화이팅."

따스한 온기를 느끼며, 유나윤은 거대한 스크린 사이로 모 습을 드러냈다.

"와아아아아아아아ーー!"

생각지도 못한 유나윤의 등장에 관객들은 환호성을 질렀

다. 콘서트의 분위기가 좋은 탓도 있었다.

사방을 가득 메운 2만 관객의 모습에 유나윤은 긴장하며 마이크를 들었다.

"앞으로- 벌어질 미래를- 난 알 수 없지만~"

김재훈의 1집 타이틀곡 '꿈에서'를 열창하자 관객들은 너도나도 손을 들어올렸다.

박소영이 여성 보컬의 분위기에 맞게 편곡을 해서 분위기도 딱 들어맞았다.

"새로운 만남은- 언제나 날 설레게 하고~"

'으아, 떨려!'

목소리는 아무렇지도 않게 노래를 하고 있었지만, 저 수많은 눈들이 자신을 짓누르는 듯했다.

환호성은 가슴을 들뜨게 하고, 시선은 짓누르는 모순된 상황.

그녀의 선택은 눈을 감는 것이었다.

"모든 사랑 이야기들이- 다 이야기 같던 그때 그 꿈이~"

그녀의 파트가 끝나갈 때, 무대에서 작은 진동이 일었다.

'온다!'

리프트가 올라오는 진동이었다.

그러자 유나윤은 목소리를 높이며 다음 파트로 이어가는 길을 열었다.

"아아아ー"

짧은 반짝이는 드레스를 입은 김지민이 돌아선 채 등장하자, 관객들의 환호성이 엄청나게 올라갔다.

"와아아아ー!"

"대박! 나은 듀엣이다!"

"엘하 아님?"

"아무렴 어때!"

어디에서도 본 적 없던 라이벌의 듀엣무대를 콘서트에서 보게 되다니…….

즉석에서 닉네임도 지어가며, 관객들은 행복감에 비명을 질렀다.

"이거, 반응이 좋네요."

무대 뒤에서 관객들의 엄청난 반응을 본 이현지는 만족하며 강윤을 향해 미소 지었다.

강윤은 턱에 손을 올리며 답했다.

"평소에 사람들이 가장 보고 싶어 했던 조합이니까요. 마지막 날에 오는 준열이와 재훈이의 듀엣과 함께 말이죠."

"사람들 봐요. 모두 넋이 나갔네요."

그녀들의 무대에 빠지지 않은 관객이 거의 없었다.

김지민과 유나윤의 목소리는 그만큼 딱 들어맞았고, 편곡, 무대 장치들도 거의 완벽에 가까웠다.

'은빛······.'

괜찮았지만, 조금······ 아쉬웠다.

금빛도 조금은 기대했는데 말이다.

하지만 수많은 관객들이 무대 위의 두 사람을 연호하는 모습을 보며 강윤은 만족했다.

'서두르지 말고, 차근차근 해보자.'

강윤은 필요한 것들을 기록하며 마음을 다졌다.

김지민과 유나윤의 무대가 끝나고, 김재훈이 자연스럽게 모습을 드러내자 콘서트의 분위기는 더더욱 달아올랐다.

김재훈은 2부에서는 더더욱 화려한 무대를 선보였다.

1부에서는 월드엔터테인먼트에 들어오기 전의 노래를 주로 선보였다면, 2부에서는 월드엔터테인먼트에 들어온 이후 만든 곡들을 주로 선보이며 달라진 음악세계를 어필했다.

1부는 조금 잔잔했지만, 2부는 화려했다.

조명들이 화려하게 피어났고, 갖가지 시설들이 춤을 추었다.

리프트 시설이 연이어 움직이며 댄서들을 실어 날랐고, 갖가지 장치들도 계속 무대에 화려함을 더해갔다.

강윤은 무전기를 끼고는 스태프들의 무전을 들으며 전체적인 상황을 파악했다.

-14번 플러드 조명 앞으로 조금만 내려. 빨리!

-네!

무대의 화려함을 위해, 무대 뒤 사람들은 급박하게 움직이고 있었다.

-야! 15번을 왜 만져!

-죄송합니다!

물론, 실수도 있었지만 진행에 무리가 가는 일은 결코 없었다.

그렇게 콘서트는 어느새 절정으로 향해갔고, 모두가 땀을 흘리던 콘서트는 천천히 마무리가 되어가고 있었다.

'그녀, 인형 같은 여인' 제작발표회.

중국 상해에 위치한 한 아트홀에서 중국의 유명 제작사 중 하나인 저쟝(折口) 프로덕션의 제작발표회가 열리고 있었다.

[주인공 샤오는 뚱뚱한 외모 때문에 취업도, 사랑도 마음대로 하지 못하는 여인이었습니다. 하지만 이 여인은 독하게 마음을 먹고 아름다운 외모를 얻게 되죠. 이후, 그녀는 일과 사랑을 하나하나 얻어갑니다. 이 과정을……]

총 기획자이자 총연출을 맡은 샤쿤(夏坤)은 시나리오를 설명하며 배우 한 사람, 한 사람을 소개해 갔다.

남자 배우나 여자 배우나 모두가 대륙에서 이름을 날리는 유명 배우들이었다.

대본을 쓴 작가부터 배우에 감독까지.

하나같이 베테랑이 아닌 이들이 없었다.

[……이상입니다. 질문 받겠습니다.]

이어 기자들의 질문이 이어졌다.

때론 짓궂은 질문이 이어졌지만, 배우나 작가, 연출은 모두 웃어넘길 수 있었다.

하지만 개중에는 난감한 질문을 하는 이들도 당연히 존재했다.

[작가님께 묻겠습니다. 처음에 여주인공으로 낙점을 하신 분이 민진서 씨라고 들었습니다. 그런데 차오링(曹玲) 씨로 바뀐 이유가 궁금합니다.]

제작진으로선 매우 난감한 질문이었다.

한마디로 그 유명배우에게 대본이 고사된 이유를 알고 싶다. 이것이니까.

차오링 본인도 불쾌한 표정을 쉽게 숨기지 못했는지 손을 바들바들 떨었고, 화기애애했던 제작발표회장은 얼어붙었다.

총연출자 샤쿤은 한숨을 쉬며 이야기했다.

[사실, 민진서 씨에게 먼저 간 것은 맞습니다. 하지만…….]

[하지만?]

그는 목이 탔는지 물을 벌컥벌컥 마시고는 말을 이어갔다.

[후우. 민진서 씨에게 갔었지만 그녀를 만나지도 못했습니다. 회사에서는 이미지에 맞지 않는다며 대본을 거절했죠. 그녀에게 보여주고 연락을 준다고 했지만…… 연락은 없었습니다.]

[그런 일이…….]

기자들의 펜이 바쁘게 움직여갔다.

그들의 펜이 날 선 칼날로 변하는 건 불 보듯 뻔한 일이었다.

거기에 샤쿤은 날을 갈아 주었다.

[이 기회에 한마디 해야겠습니다. 한류 바람, 좋습니다. 하지만 우리는 꽌시(關係)를 제일 중요하게 생각합니다. 한국에서 오는 모든 이들이 알아뒀으면 좋겠습니다.]

관계.

샤쿤은 그것을 강조하며 자리를 박차고 일어났다.

제작발표회가 끝난 지 몇 시간 지나지 않아, 중국 인터넷 포털 사이트는 민진서의 이야기로 가득 찼다.

－한류배우 민진서, 중화의 꽌시(關係)를 무시하는 배우?

3화
진짜와 가짜의 차이

꽃샘추위가 가고, 따뜻한 봄날이 성큼 다가온 3월.

월드엔터테인먼트에도 따스한 훈풍이 불고 있었다.

"이번 콘서트 결과가 무척 만족스럽군요."

강윤은 정혜진이 제출한 보고서를 보며 만족한 미소를 지었다.

그의 웃음에 난생 처음으로 보고서를 작성한 정혜진은 뻣뻣하게 굳은 채로 입을 열었다.

"아, 네! 전 좌석 매진에 따른 수익뿐만 아니라 과, 광고에 따른 수익도 좋고…… 그리고……."

"혜진 씨. 천천히 해도 괜찮아요."

"네? 네!"

강윤은 웃으며 정혜진을 격려해 주었다.

이현지가 정혜진을 교육시켰다 하더니, 그 효과가 조금씩 드러나고 있었다.

중요한 보고서를 작성하고 사장에게 보고도 하니, 사무실에서 하는 이현지의 일이 줄어들고 있다는 반증이었다.

덕분에 그녀는 파인스톡에 가서 음원 관련 일을 진행할 수 있었고 말이다.

정혜진의 보고를 모두 들은 강윤은 만족하며 답했다.

"수고했어요. 다음에도 기대할게요."

"감사합니다."

그제야 긴장이 풀린 그녀는 강윤에게 깊이 고개를 숙이고는 자리로 돌아갔다.

강윤은 보고서를 책상 옆에 놓으며 콘서트 일을 정리했다.

'미라쥬사와는 다음 공연을 기약했지. 환불보다 다음을 기약하는 것이 나을 수 있으니까.'

미국 특수 장비 회사에게 환불을 받을 수도 있었지만, 관계를 더 중요하게 생각했기에 호의를 베풀었다. 한 번 실수를 했다고 나중에도 그러리라는 법은 없으니까.

생각지 못한 호의에 미라쥬사에서는 다음 공연에서 더 높은 퀄리티의 서비스를 약속했다. 좀 더 적은 비용으로 말이다.

티켓이야 기대 이상으로 판매를 했으니 말할 것도 없었고

광고와 협찬 등도 잘 들어왔으니 금전적인 면에서도 만족할
만한 성과였다.

수익은 확실했지만 진행상에서는 문제가 있었다.

'재훈이가 무대 앞으로 나가니 앞이 잘 안 보였다고 했고,
지민이나 나엘도 조명 문제를 많이 들었어. 음향도 그랬고.
전체적으로 너무 밝았어.'

관객들은 만족했지만, 가수들은 불편했다는 조명문제.

거기에…….

'모니터 음향.'

나중에서야 들을 수 있었던 세션들의 음향 문제.

'두 번째 날, 리프트 타는 순서가 꼬였었지? 잘못했으면
사고가 날 뻔했어.'

진행하는 스태프의 실수로 리프트에 올라타는 바이올리니
스트와 댄서의 순서가 뒤바뀌는 사고가 발생할 뻔한 일 등
여러 가지 에피소드들이 있었다.

무전을 들으며 강윤은 콘서트에서 있었던 여러 가지 일들
을 정리했다. 이 노력들은 같은 사고가 두 번 일어나지 않도
록 하는 밑거름이 될 것이다.

"으으."

강윤은 '김재훈 콘서트 매출 보고서'에 사인을 하고 길게
기지개를 폈다.

시계를 보니 오후 6시였다.

"오늘은 일찍 퇴근할까요?"

사장이 해주는 최고의 배려에 정혜진과 유정민은 만세를 부르며 짐을 챙겼다.

직원들을 모두 보내고, 강윤도 모처럼 행복한 칼퇴근 준비를 서둘렀다.

하지만 불행히도 그런 행복이 오늘은 강윤을 따라주지 않았다.

"기준 팀장님. 무슨 일 있나요?"

루나스에 사무실을 내준 강기준으로부터 전화가 왔다.

그는 매우 다급한 목소리로 용건을 말했다.

—사장님, 큰일입니다.

"큰일이요?"

—지금 인터넷 좀 켜보시겠습니까?

강윤은 심상치 않은 기색을 느끼며 인터넷을 켰다.

포털 사이트 세이스에 들어가 보니 실시간 검색어 1위로 '민진서'가 있었다.

—민진서, 중국 문화 콴시를 무시하는 배우로 떠올라.

—중국을 무시하는 배우는 중화에서도 필요 없어…….

—중국 원로배우 양화백, 중화 문화를 무시하는 배우는 우리도 필

요 없어…….

강윤은 뭔가 심상치 않다는 것을 느꼈다.

중국에서 무슨 일이 있지 않으면 이런 기사가 한국에서 날 이유가 없었다.

"진서에게 무슨 일이 생겼습니까? 이게 다 무슨 일이죠?"

-자세한 사정은 알지 못합니다. 간단하게 알아보니 중국 제작발표회에서 민진서가 중국 작가의 한 작품을 거절했다는 것에서 사실이 와전되었다는 것 같습니다.

"작품을 거절했다? 배우에게 그런 일은 당연히 있는 일 아닙니까?"

-그게 사정이 복잡한 것 같습니다. 작가는 배우를 만나지도 못했고, 회사에서는 일방적으로 거절했다고…… 그 자리에서 중화의 콴시를 무시하는 한류배우에 대한 불만이 터져나온 것 같습니다.

"희생양이 된 거군요."

강윤은 한숨이 나왔다.

지금까지 가십거리 하나 없던 그녀다.

순백에 가까웠던 그녀인 만큼 이런 작은 소음 하나가 큰 눈덩이가 되게 마련이다.

강윤은 민진서가 걱정되었지만, 상황을 냉정하게 바라보

았다.

"MG에서는 어떻게 하고 있습니까?"

—내일 대국민 사과를 한다고 합니다.

"네? 잠깐만요. 대국민사과?"

♪♪♪♪♪

"……그러니까, 내가 왜 그런 걸 해야 한다는 거죠?"

민진서는 한기가 풀풀 날리는 눈으로 마주앉은 김진호 이사를 노려보았다.

급히 MG엔터테인먼트 중국지사까지 날아온 김진호 이사는 한숨을 쉬며 노를 토해내는 그녀를 달랬다.

"지, 진서야. 화만 내지 말고……."

"이 상황에서 화를 안내는 게 이상한 것 아닌가요? 대국민…… 뭐라고요? 내가 잘못한 게 대체 뭐가 있나요?"

그녀는 한쪽에 서서 안절부절못하고 있는 지사장을 씹어 먹을 기세로 노려보았다.

대본조차 보여주지 않아 선택의 기회조차 주지 않은 게 누군데.

원인을 제공한 지사장은 지금 고개조차 들지 못하고 있었다.

김진호 이사도 똑같이 지사장을 씹어 먹을 듯 바라보며 고개를 끄덕였다.

"……그래. 당연히 네가 잘못한 건 없지. 하지만 급한 불은 끄고 봐야 하지 않겠니?"

"불이요? 그래요, 불은 꺼야죠. 그런데 불은 회사가 벌려 놓고 소방수 역할은 나더러 하라는 이유가 뭔가요? 소속사가 이래도 되는 거예요?"

"……"

김진호 이사는 머리에 스팀이 올라왔다.

언제나 삐딱선을 타는 그녀의 모습은 지금도 마찬가지였다.

'진짜 탑스타만 아니었어도 그냥……'

간신히 끓는 속을 억누르고, 김진호 이사는 억지로 입가를 들어올렸다.

"그, 그래. 네 말이 다 맞아. 원래 우리가 다 해결해야지. 하지만 이번만 어떻게 안 될까? 워낙 사안이 중대해서 오래 끌면 곤란하거든. 너도 이번 일을 오래 끌면 힘들어 질 거 아냐. 안 그래?"

"……"

"당연히 우리도 잘 알지. 이번에 네 잘못은 하나도 없어. 누구 잘못이든 이미 일은 터졌고, 사태는 빠르게 수습해야 해. 안 그러면 네가 고스란히 독박을 쓰게 되잖아. 중국 애들

극성은 너도 잘 알잖니. 이거 수습 못 하면 중국에서 우리 더 이상 활동 못하잖니."

잔뜩 날을 세웠지만 민진서도 사태의 심각성은 잘 알고 있었다.

밥도 먹지 못할 정도로 속이 뒤집히는 기분이었지만, 그녀는 입술을 강하게 깨물며 답했다.

"⋯⋯알았어요."

"힘든 결정 내려줘서 고마워. 그럼 시작하자."

"네? 뭘요?"

김진호 이사는 매니저를 시켜 미리 준비한 캠코더를 들고 왔다.

"기자회견장에서 직접 고개를 숙이는 것보다, 여기서 준비해 가는 것이 훨씬 나을 거야."

"⋯⋯."

이후 수없이 죄송합니다를 반복하며 민진서는 이 상황을 만든 중국지사 사람들을 씹어 먹을 듯한 표정으로 노려보았다.

"처음 시작은 33%로 가는 건가요?"

하세연 사장은 이현지가 가져온 업무 협약서 내용을 보며 팔짱을 끼었다.

"이 정도 비율이면…… 다른 유통사들의 46.5%보다 경쟁력은 확실히 있겠네요."

하세연 사장은 이 정도면 괜찮겠다며 만족했다.

음원수익의 절반 가까이를 가져가는 타 유통사와는 달리, 이번 파인스톡과 월드엔터테인먼트가 제휴해서 만들 음원유통사는 가져갈 배분비율을 확연히 낮췄다. 이미 확립된 시장에 진입하기 위한 전략인 동시에, 실질적으로 노래를 부르는 가수들을 위한 것이기도 했다

"처음 몇 개월간은 수익을 내기가 쉽지 않을 거예요. 하지만 시간이 갈수록 달라질 것이라 생각합니다."

"예상대로만 늘어간다면…… 올해 4분기군요."

하세연 사장은 손해에서 이익으로 넘어가는 4분기에 동그라미를 쳤다.

"그때까지 광고를 잘해야겠네요. 연예인 관련 채널도 많이 늘려야겠고……."

"저희에게 필요한 것 있으면 말씀하세요. 적극적으로 도와드릴 테니까요."

"네. 이사님. 그나저나…… 오늘 술 한 잔 어때요?"

하세연 사장이 손가락으로 술 마시는 제스처를 취하자 이

현지도 씨익 웃으며 맞장구를 쳤다.

"좋죠."

서로 마음이 잘 맞은 두 여인은 화기애애한 분위기를 술자리에서도 이어갔다.

♪ ♫ ♪♫ ♪

―전화기가 꺼져 있어 음성사서함으로…….

간밤에 강윤은 민진서에게 전화를 몇 번이나 걸어보았지만, 핸드폰에서는 계속 같은 말만 되풀이할 뿐이었다.

'이런 일이 터졌는데, 회사에서 관리하겠지.'

여론이 이렇게까지 악화되는 스캔들이 터지면, 아무리 탑스타라도 회사에서 관리를 안 할 수가 없었다.

당연히 전화통화가 쉬울 리가 없었다.

걱정 때문에 강윤은 늦게까지 밤을 이루지 못했다.

그는 인터넷을 하며 민진서에 대한 기사를 탐독하다 새벽이 되어서야 잠이 들었다.

다음 날, 아침.

강윤은 강기준이 있는 루나스의 사무실로 향했다.

"상황이 많이 심각합니다."

강기준은 강윤에게 차를 내주며 밤새 알아본 상황을 설명했다.

"상해TV의 지인에게 이야기를 들었습니다. 사실과는 다른 소문으로 이야기가 번져가는 상황이라고 합니다. 단순히 배역을 거절한 이야기가, 중국을 무시한다는 이야기로 번져가는 상황입니다."

"그게 말이 됩니까?"

"안되죠. 하지만 그렇게 됐습니다. 탑스타라고 작가를 그렇게 무시해도 되냐, 한류는 우리가 만들어준 것인데 자기나라 사람을 이렇게 무시해도 되는 거냐? 이런 식의 소문이 일파만파로 퍼져가고 있습니다. 중국 기자들이 소문을 더 크게 부풀리는 상황이죠. 아무래도 한류 배우들을 경계하는 중국 기획사들의 입김도 작용하는 것 같습니다."

"그럴 수도 있겠군요. 민진서 정도라면 대어 중의 대어겠어요. 그동안 구설수 한번 오르지 않았었으니 제대로 이미지를 깎아버릴 수 있을 테니까…… 이번에 MG는 어떻게 대처하고 있습니까?"

"우리 시간으로 11시에 대국민사과를 한다고 합니다."

"……이해가 안 가는 대처군요."

강윤은 도무지 MG의 대처가 이해할 수 없었다.

사과를 한다는 건 민진서가 그런 행동을 했다는 걸 인정하는 꼴이 되고 만다. 그 말인 즉, '우리가 잘못했으니 이 이야기는 여기까지 하자'라는 말과 같았다.

"안되겠습니다. 팀장님, 여권 있지요?"

"여권이라니요? 있기는 합니다만…… 서, 설마……!"

강윤의 뜻을 알아챈 강기준은 눈이 휘둥그레졌다.

그러거나 말거나 강윤은 이현지에게 전화를 걸고 있었다.

"……며칠 간 중국에 다녀오겠습니다. 네. 당분간 급박한 일은 없으니 괜찮을 겁니다. 그럼…… 부탁드립니다."

간단하게 통화를 마치고, 강윤은 강기준 사장에게로 눈을 돌렸다.

"가죠."

"사, 사장님. 같이 가요."

강기준 사장은 급하게 옷을 입고 먼저 문을 나선 강윤을 따라나섰다.

─……죄송합니다. 상황이 어찌되었든, 공인으로서 물의를 일으켰다는 점에 먼저 고개를 숙입니다. 저를 선택해 주신 작가님께도, 연출가님께도, 그리고…… 이번 일로 실망하신 중국의 많은 팬들께도 깊이 고개를 숙입니다. 복잡한 전후사정보다 제가 고개를 숙이는 것이 문제를 해결하는…….

MG엔터테인먼트가 주최한 기자회견장에는 사전에 촬영한 민진서의 사과영상이 공개되고 있었다.

기자들은 그녀의 영상을 보며 날 선 눈매로 기사들을 적어 갔고, 어떤 이들은 급히 통화를 하기도 했다.

5분 남짓한 영상이 끝나자, 김진호 이사가 모두 앞에 깊이 고개를 숙였다.

─안녕하십니까. MG엔터테인먼트 김진호 이사입니다. 우선 이번 일로 실망하신 중국 팬 분들께 진심으로 사과드립니다. 어느 정도로 심각한 일인지 본사의 직원들도, 진서도, 깊이 반성하고 있습니다. 이 모든 것이 저희 회사와 아티스트들에게는 큰 교훈이 되어 이런 일이 일어나지 않도록 최선을 다하겠습니다. 또한…….

할 말이 끝나자마자, 김진호 이사는 바로 기자회견을 끝내 버렸다.

당연히 궁금증이 하늘같이 솟아 있던 기자들이 득달같이 달려들었지만, 그는 입을 굳게 다문 채 아무 답변도 하지 않았다.

결국 눈 가리고 아웅 한 셈이었다.

한편, 모든 스케줄을 취소한 채 민진서는 호텔에서 시간을 보내고 있었다.

-중화에서 꺼져라!

-정말 좋아했는데…… 실망에 실망임.

-가더라도 번 돈은 다 뱉고 가라.

막상 문제가 되는 대본은 본 적도 없었다.

그녀는 억울한 걸 넘어 황당했다.

가만히 앉아 있다가 돌을 맞는 기분이 이런 걸까?

'선생님, 선생님이 보고 싶어…….'

평소에도 한상 보고 싶은 그였지만, 오늘따라 그 기분이 더했다.

'핸드폰은 대체 어디로 간 거야…….'

목소리라도 듣고 싶어서 핸드폰을 찾아봤지만, 어젯밤부터 보이질 않았다.

매니저 오빠부터 본 적이 없단다. 전화를 걸어 봐도 꺼져 있다는 메시지뿐. 귀신이 곡할 노릇이었다.

중요할 때, 선생님 번호는 기억도 나질 않고…….

-한국으로 가버려!

-죽어, 죽어!

멍하니 인터넷을 하던 민진서는 더 이상 볼 자신이 없어

컴퓨터 전원선을 뽑아버렸다.

힘없이 자리에서 일어난 그녀는 소파에 얼굴을 묻고 몸을 들썩였다.

'흑……'

마음이 아려왔다.

최고의 위치에서 나락으로 떨어진다는 게 이런 기분일까?

'……선생님. 보고 싶어요…….'

가장 힘들었던, 꿈을 찾던 그때. 길을 열어 주었던 그가 떠올랐다.

빛이 되어주었던 그 사람. 그라면…….

그라면…….

'에이. 여기까지 선생님이 어떻게 오겠어.'

눈물에 얼룩진 얼굴을 든 민진서는 힘없이 미소 지었다.

한국과 중국은 가까우면서도 먼 곳. 게다가 강윤은 책임질 수많은 사람들이 있는 그런 사람이었다. 설마, 여기까지 자기를 보러 올까?

그녀가 힘없이 자리에서 일어나려 할 때, 방 안의 전화벨 소리가 울렸다.

호텔 프론트에서 온 호출이었다.

[……룸서비스 안 시켰어요.]

─진서야.

프론트 전화로 익숙한 한국어가 들려왔다.

그녀에겐 너무도 익숙한 '그'의 목소리였다.

그 이후, 그녀에겐 아무 생각도 들지 않았다.

"91층! 거기서 봬요!"

바로 전화를 끊어버린 그녀는 서둘러 화장을 고치고 옷을 갈아입고는 91층으로 향했다.

그녀는 91층 휴게실에서 홀로 서성이는 남자를 발견하자마자 쏜살같이 달려갔다.

"선생님!"

남자가 뒤돌아볼 틈도 없이, 그녀는 강하게 그를 끌어안았다.

조금은 묵직한 온기를 느끼며, 그는 따스하게 말했다.

"······고생이 많았구나."

"흑······."

어디에서도 듣지 못한 말 한마디가 그녀의 마음을 단번에 녹여 버렸다.

남자, 강윤의 셔츠가 그녀의 눈물로 촉촉이 물들어갔다.

지금까지 전화 한번 없던 그를 이렇게 볼 수 있게 되다니······.

물론, 갑자기 핸드폰이 사라진 게 원인일 수도 있었다.

하지만 고립된 상황에서 홀로 고고한 모습을 보이는 건 섭지 않은 법.

민진서의 가슴에서 울컥한 감정이 마구 치솟았다.

"흑, 으흑…… 나빠요, 나빠…… 선생님이 제일 나빴어."

"미안, 미안해."

강윤은 씁쓸한 표정으로 그녀의 등을 다독였다.

대체 얼마나 힘이 들었던 걸까?

감정의 홍수를 터뜨리는 민진서로 인해 강윤은 당혹스러웠지만, 능숙하게 그녀를 다독이며 감정을 추스르게 했다.

'잘못한 것도 없이 사과까지 했으니 얼마나 힘들었겠어.'

억울한 마음을 아무도 알아주지 않는다는 건 무척 힘든 일이다. 내 편이라는 소속사 사람들마저도 알아주지 않는다니…….

강윤은 씁쓸한 표정을 감출 수 없었다.

한참이 지나서야 민진서는 강윤의 품에서 조심스럽게 벗어났다.

"이제 진정이 좀 됐니?"

"……."

그의 품에서 벗어난 그녀는 붉어진 눈과 얼굴을 가리기 위해 고개를 푹 숙여 버렸다.

강윤은 그녀를 자리에 앉히고 자판기에 있는 캔커피를 뽑아주었다.

"……감사합니다."

온기가 느껴지는 캔을 받아 들고, 그녀는 모기만 한 목소리로 답했다.

들썩이던 어깨도 내려가고, 커피도 조금씩 마시는 모습을 보니 조금씩 안정을 되찾았다.

"……이런 모습 보이고 싶지 않았는데……."

민진서는 헛웃음을 지으며 눈가에 남아 있는 눈물자국을 지워냈다.

그에게 의지할 수 있는, 멋진 여성의 모습을 보여주고 싶었건만…….

현실은 크게 달라진 것이 없었다.

강윤은 조금씩 그녀가 진정되는 듯하자, 대본 고사에 대한 일을 물었다.

"……저 그 대본을 본 일이 없어요. 회사에서 보여주지도 않았거든요."

"……역시."

강윤은 짧게 한숨을 쉬었다.

민진서가 대본을 읽지도 않고 거절했다는 말이 뭔가 이상하다고 생각했다.

대본을 아무리 많이 받아도, 모든 대본을 꼼꼼하게 살피기로 소문난 그녀였다.

그녀는 눈가에 불꽃을 일으켰다.

"지사장이 섭외를 위해 직접 온 작가와 트러블을 일으켰어요. 막상 저는 대본을 본 적도 없고……."

"뭐라고? 그렇다면 문전박대를 한 것이 네가 아니라 회사란 말이야?"

"……."

무언의 긍정에 강윤은 기가 막혔다.

결국 민진서와는 하등 관련 없는 일에 그녀더러 수습을 하라고 한 꼴이 아닌가?

그의 생각으로는 있을 수 없는 일이었다.

"……나서기 싫었지만, 이사님이 빠르게 수습하려면 사과를 해야 한다고 말했어요. 선생님하고 상담을 하고 싶어도 전화도 없었고…… 시간은 없고…… 사태를 길게 끌어봐야 여론은 급박하게 돌아갔고요."

"……그래도 그…… 잠깐? 전화가 없어졌어?"

강윤은 의아한 생각이 들었다.

"네. 어제 숙소에 들고 온 건 기억이 나는데 그 후에 감쪽같이 사라졌어요."

"허……."

강윤은 기가 막혔다.

종종 트러블을 일으킨 연예인들이 더 사고를 치지 못하게 하기 위해, 몰래 핸드폰을 숨기는 일이 왕왕 있었다.

회사, 또는 매니저 주도하에 그런 일들이 벌어진다는 것을 누구보다도 잘 아는 그로서는 MG엔터테인먼트의 행태에 질려 버릴 따름이었다.

'……더 끌면 곤란하겠어.'

하지만 강윤은 전화에 대해서는 이야기하지 않았다.

지금 상황에서는 긁어 부스럼만 만들 따름이었다.

"내가 반나절 후에 핸드폰 하나 개통해서 로비에 맡겨놓을게. 매니저나 누구도 보여주지 말고. 알았지?"

"매니저 오빠도요?"

"누구도. 절대."

"알았어요."

민진서는 강윤의 굳은 표정에 자신도 모르게 고개를 끄덕였다.

몇 번이나 강조한 강윤은 가볍게 그녀를 끌어안았다.

"선생님이 해결해 줄 테니까, 너무 걱정하지 마. 알았지?"

"네. 믿을게요."

시간이 많지 않았다.

강윤은 아쉬움을 뒤로 하고 휴게실을 나가려 할 때, 민진서가 강윤을 붙잡았다.

"더 할 말 있니?"

"저, 선생님."

"응?"

강윤이 의아해하자 민진서는 얼굴을 붉히며 입을 열었다.

"라면…… 먹고 갈래요?"

"……푸읍."

물론 마음이 담긴 농담이었다.

강윤은 아쉬움을 담아 그녀를 가볍게 안아주고는 바로 로 비로 향했다.

서울 강남의 테헤란로.

그곳에는 한국뿐만 아니라 외국계의 수많은 은행과 증권 사 등 한국을 움직이는 금융사들이 자리하며 한국의 금융 산 업을 이끌고 있었다.

테헤란로에서도 유독 눈에 띄는 빌딩의 고층에 위치한 곳 에 '에릭튼 캐피탈'이 있었다.

가장 전망이 좋은 고층에 위치한 지사장실.

그곳에서 훤칠한 키의 백인이 유창한 한국어로 소파에 앉 은 손님과 대화를 나누고 있었다.

"하하하하. 나중에 원진표 사장님께도 자리 하나는 꼭 마련해 드려야겠군요."

소파에 앉은 손님, MG엔터테인먼트의 정현태 이사도 그의 말에 웃음에 화답했다.

"그렇게 해주신다면야 감사하지요. 배려에 감사할 따름입니다."

"들어보니까, 베트남에 지사가 만들어지고 있다고 들었는데, 거기 지사장이면 어떻습니까?"

"하하하하. 리처드 지사장님의 식견은 참……! 하하하하하!"

정현태 이사는 호탕한 웃음을 터뜨렸다.

백인 남성은 흐뭇한 미소를 지으며 손에 든 고급스러운 잔을 책상 위에 내려놓고 창가로 향했다.

커튼을 젖히며 그는 계속 말을 이어갔다.

"MG의 규모를 줄이는 일은 순조롭게 진행돼서 참 좋습니다. MG가 보유했던 현금도 줄어들고, 부채비율도 증가하고 있네요. 이대로라면 나중에 인수할 때 순조로울 것 같습니다. 다음은……."

"이미 원하시는 대로 착착 진행되고 있습니다. 불필요한 연습생이나 연예인도 조정 중입니다."

"멋지십니다. 이렇게 다 알아서 해주시니 투자자들도 기뻐할 겁니다. 제가 한국에서 파트너 하나는 기가 막히게 만난 것 같군요. 아, 거기서 연주아와 민진서는 안 됩니다."

"하하하. 물론 잘 알…… 잠깐, 민진서도 말입니까?"

호탕하게 웃다가 정현태 이사는 눈을 휘둥그레 떴다.

"이를 말입니까. 한류의 중심이라는 민진서인데요."

"저, 지사장님. 민진서는 문제가 많은 아이입니다. 게다가
이번 일로 데리고 있어봐야 득보다……."

"저런저런."

백인 남성은 가볍게 인상을 썼다.

"때가 조금 묻었다고 본질이 변하지는 않지요. 연주아와
민진서. 두 사람은 한국말로…… 그 뭐라 해야 할까? 황금을
낳는 닭? 오리?"

"거위입니다."

"아무튼 그 정도 가치가 있습니다. 제가 연기는 잘 모르지
만, 그 정도의 아우라를 지닌 여배우는 쉽게 볼 수가 없다 생
각해요. 누가 발견한 건지…… 좌우지간 민진서는 안 됩니다."

"크흠……."

정현태 이사는 헛기침을 했다.

이번 기회로 스타라며 고개를 뻣뻣이 들고 다니는 그녀를
치워 버리고 싶은 마음이 가득했었건만…….

"알겠습니다."

"후후. 현태 이사님을 믿어요. 난."

백인 남성의 부드러운 미소 속에, 정현태 이사는 품 안에서 그에게서 받은 명함을 꺼냈다.

President of ASIA Chapter Ericton Capital.

Richard Tracson.

에릭튼 캐피탈 한국지부 지부장, 리차드 트락손.

'부실기업을 사들여 유망 기업으로 만든다는 헤지펀드 회사가 MG에 관심을 가지다니……!'

그는 아직도 이 기회를 잡은 것이 믿기지 않았다.

'흐흐흐. 이건 내 인생 최대의 기회야!'

명함을 보물 다루듯 집어넣으며 정현태 이사는 입꼬리를 양 끝으로 들어올렸다.

강윤이 민진서를 만나고 올 동안, 강기준은 따로 중국에서 정보를 수집하고 있었다.

방송국을 비롯해 중국에 있는 지인 등을 통해 현재 민진서의 상황에 대해 객관적으로 분석을 했다.

그리고 몇 시간 뒤.

두 사람은 한 카페에서 다시 만났다.

"……아시겠지만, 상황이 매우 안 좋습니다."

강기준은 굳은 표정으로 서두를 꺼냈다.

"MG는 이전과는 다르게 그녀를 감싸고돌지 않습니다. 중국 언론은 사고 이후에도 한류여신의 다른 모습이라며 공세를 멈추지 않고 있고, 한국에서도 그녀를 향한 비난의 화살이 돌아가고 있습니다. 소속사와 한류스타에 대한 공격은 멈췄지만, 그 공격들이 민진서 개인에게 집중되고 있는 상황입니다."

"……팀장님이 진서를 관리한다면, 이런 경우에는 어떻게 할 것 같습니까?"

강윤의 진지한 물음에 그는 손으로 눈을 가렸다 잠시 생각해 보겠다는 제스처였다.

곧, 생각을 마친 그는 차분히 입을 열었다.

"……당분간 중국에서의 활동은 무리입니다. 사실, 이 정도 스캔들이면 회사에서는 필사적으로 돈이든 뭐든 수단과 방법을 가리지 않고 사태를 덮으려고 노력을 해야 할 것입니다. 저라면 공안을 찾아가는 한이 있어도 인터넷에서 기사를 내리는 것을 우선으로 했을 것 같습니다. 그리고 민진서의 활동은 당분간 없도록 해야겠죠."

"결국, 사람들의 눈과 귀를 가리고, 진서를 안정시킨다는 본질은 같군요."

"맞습니다. 그런데 지금 같이 불이 커진 상황에서는……
저희가 도울 수 있는 방법은 없는 것 같습니다. 저희 소속 스
타가 되도 쉽지 않을 판인데……."

강기준은 말끝을 흐리며 고개를 흔들었다.

과거의 민진서는 메리트가 있었지만, 지금 상황에서는 커
다란 가시가 돋은 장미와 같았다.

그런데 과연 강윤이 그녀를 받아들일 수 있을까? 그런 뜻
이었다.

하지만 강윤은 단호하게 말했다.

"지금 바로 계획을 진행하죠. 저는 바로 MG로 가겠습
니다."

"그 뜻은……."

"진서, 우리가 데려가죠."

강윤은 더 기다릴 필요도 없다며 자리에서 일어났다.

그 행동력에 놀란 강기준이 강윤을 붙잡았다.

"사, 사장님. 잠시만요. 지금 당장 민진서를 끌어안으면
지금 그녀가 가지고 있는 리스크를 고스란히 떠안아야 합니
다. 지금 월드는 구설수 하나 없이 승승장구하고 있는데, 괜
한 말을 만들어낼 수도 있습니다. 고려하셔야 합니다."

잘못하면 스폰서라는 말까지 나올 수 있다.

하지만 강윤은 고개를 흔들었다.

"진서 같은 연기자를 안고 가는데 그 정도 리스크면 싸죠. 지금 MG도 위약금 이야기는 못 할 겁니다. 지금 MG의 행동들을 분석해 보면 진서는 내놓은 자식 같은데, 다른 곳에서 데려가면 오히려 좋아할지도 모르죠."

"그래도 민진서인데, 거기서 쉽게 놓아줄까요?"

강기준이 쉽게 내줄까, 의아한 표정을 짓자 강윤은 씨익 웃었다.

"일단 질러보지요. 뭐, 애초에 역할을 못한 건 그쪽이니까 길게 가봐야 불리한 게 자기들이라는 걸 잘 알겁니다."

이번 사태만 봐도 계약서 조목조목 따지고 들어가면 걸리는 것들이 엄청나게 많을 터.

강윤은 민진서에게 전해 준 핸드폰으로 전화를 걸어 자신의 생각을 모두 이야기했다.

드디어 계약을 해지하게 되었다는 이야기를 들은 민진서는 차분한 목소리로 답했다.

ㅡ……알았어요. 1시간 뒤에 연락드릴게요.

통화를 마치고, 강윤은 다시 이현지에게로 전화를 걸었다. 계약을 위한 준비를 하기 위해서였다.

그녀는 이번 일을 기다리고 있었다는 듯, 담담한 목소리로 이야기했다.

−확실히 마무리 짓고 오세요.

"알겠습니다. 준비해 줘서 고마워요."

−뭘, 우리 사이에 감사까지…… 올 때 선물이면 돼요.

그녀는 바쁜지 전화를 후다닥 끊어버렸다.

옆에서 통화를 듣고 있던 강기준은 피식 웃음을 터뜨렸다.

"이사님은 여전히 시크하시군요."

"귀엽죠?"

"사장님, 그건 아닙니다."

강기준은 간혹 볼 수 있는 그녀의 머리카락 솟구치는 모습이 떠올랐는지 몸서리를 쳤다.

1시간 뒤.

민진서에게서 전화가 왔다.

−……선생님. 제 뜻은 모두 전달했어요. 그런데…….

"그런데?"

민진서는 기가 찬 듯, 한숨을 내쉬었다.

−계약 해지가 이렇게 쉬운 거였나요? 게다가 남은 기간에 따른 위약금도 됐다고 하고…….

"누구랑 통화한 거야?"

−원진표 사장님이요. 잘해주지 못해서 미안하다고 하시네요.

그 말에 강윤도 씁쓸해졌다.

힘없는 사장이 뭘 어쩔 수 있겠는가. 그래도, 효력 있는 도장이라도 찍을 수 있는 게 어디인가.

강윤은 서두르기로 했다.

"지금 호텔로 갈게."

—네. 빨리 오세요.

전화를 끊고, 강윤은 강기준의 팔목을 강하게 붙잡았다.

"사장님."

"서두르죠."

두 사람은 빠르게 카페를 나와 택시를 잡아타곤 쏜살같이 민진서가 있는 호텔로 향했다.

직장인들이 퇴근을 서두르는 저녁 시간.

에릭튼 캐피탈에서 돌아온 정현태 이사는 콧노래를 부르며 이사실에 들어섰다.

그는 호출기를 눌러 미모의 여비서를 부른 후, 바로 지시를 내렸다.

"지금 중국지사에 연락해서 바로 화룡신문 기자하고 환무시보 등 아는 기자들 모두 소집해."

"알겠습니다."

"그리고 말이야, 진서한테도 연락해서 활동 당분간 없다고 휴가를 준다고 말해. 그동안 못 즐긴 휴가, 이번에 즐길 수 있도록 말이지. 흠, 미안하다는 말 잊지 말고."

"저……."

그런데 여비서가 조심스럽게 입술을 달싹였다.

이유가 궁금해진 정현태 이사가 이유를 묻자 그녀는 작은 목소리로 말했다.

"민진서가…… 계약을 해지했습니다. 그녀는 더 이상 저희 소속 연예인이 아닙니다."

"자, 잠깐. 뭐라고? 그게 무슨 말이야? 위약금은 어떻게 하고?"

"사, 사장님께서 직권으로 계약을 해지하셔서 위약금도 없던 걸로……."

"원가…… 그 씹어먹…… 뭐라고오! 제정신이야?!"

이사실에서 정현태 이사의 비명소리가 천장을 뚫을 기세로 울려 퍼졌다.

한편, 원진표 사장은 비서에게서 받아든 민진서와의 계약서를 옆에 놓고는 긴 한숨을 쉬고 있었다.

"감당을 못 하면 놔주는 게 답이겠지……."

이사들과 민진서의 갈등은 이미 잘 알고 있었다.

민진서는 어딘가 모르게 날이 잔뜩 서 있었다. 본사든 회사든, 가시 돋친 고슴도치처럼 회사 사람들을 대할 때는 날을 잔뜩 세웠고, 이사들도 그런 그녀를 껄끄럽게 대하곤 했다.

서로 의무는 다하고 있었지만 마음은 없는, 비즈니스적인 관계.

오늘, 그는 사장의 권한으로 그녀에게 자유를 주었다.

아무리 힘없는 도장이라도 그 정도 힘은 있었다.

"헉, 헉……."

"이사님. 이러시면 안 됩……."

"넌 나가!"

원진표 사장이 서류를 정리하고 퇴근을 준비하려는데 거칠게 문이 열리더니 정현태 이사가 들이닥쳤다. 그의 뒤에는 당황하며 말리는 비서진들이 줄을 잇고 있었다.

"무슨 일인가요?"

"사장, 사장님. 그게, 그게 사실입니까?"

정현태 이사는 흥분하며 거친 어조로 묻자 원진표 사장은 담담히 답했다.

"무슨 말인가요? 차분히 말해보세요."

"민진서, 민진서 말입니다. 프리로 풀어줬다는……!"

"아, 민진서 말인가요? 사실입니다. 기간도 얼마 남지 않아서 잡음나지 않게 정리했죠. 왜 그런가요?"

"아아……."

정현태 이사는 머리를 부여잡았다. 조금 전에 에릭튼 캐피탈에서 리처드에게 들었던 말이 머리를 거세게 스쳐갔다.

"사장님. 안 됩니다. 민진서는 반드시 필요한……."

"그게 무슨 말인가요? 평소에 그렇게 못 잡아먹어서 안달하더니? 이번에 내보내려고 제대로 대처도 안 한 거 아닌가요?"

"그건……."

그 말에 정현태 이사는 꿀 먹은 벙어리가 되었다.

원래대로라면 원진표 사장의 말이 맞았다.

계약기간도 얼마 남지 않았고, 이런 스캔들이 난 상황에서 굳이 민진서를 끼고 갈 이유가 없었다.

그런데 정현태 이사에겐 민진서를 데려와야 할 이유가 있었다.

"민진서는 아까운 인재입니다. 이 정도 작은 일로 칼같이 자르기엔 아까운……."

그러자 원진표 사장이 역정을 냈다.

"이랬다 저랬다…… 난 이사님의 뜻을 모르겠군요. 그래서 내가 이번에 내린 결정이 잘못되었단 말입니까?"

"사장님, 제 뜻은 그게 아니라……."

"아니긴 뭐가 아닙니까? 안 되겠군요. 이참에 정리를 제대로 해봅시다. 제가 언제 이사님 경력을 무시한 적이 있습니까?"

"……."

"그렇다면 제 자리도 존중해 줘야 할 것 아닙니까? 지금 이게 무슨 무례입니까?"

정현태 이사는 앞뒤 모르고 덤빈 대가를 호되게 치러야 했다.

MG엔터테인먼트와의 계약이 끝나자마자 민진서는 호텔부터 옮겼다.

호텔 로비에 기다리고 있던 기자들을 피하는 것이 쉽지 않았지만 강윤과 강기준이 기지를 발휘해 호텔 지하 주차장에서 기자들을 따돌릴 수 있었다.

그들이 향한 곳은 중국 상해 공항이었다.

VIP룸에서 민진서는 강기준이 건넨 계약서를 꼼꼼하게 읽고 있었다.

"……공항에서 계약서를 쓰게 될 줄은 생각도 못 했어요. 이거……."

처음 연예계에 데뷔할 때 썼던 계약서와는 판이하게 조건이 달라졌다.

게다가 20억이라는 계약금과 3년이라는 짧아진 계약기간까지.

그녀는 조심스럽게 물었다.

"계약금이 20억 정도면…… 여배우 중에서는 최고 아닌가요? 좋기는 하지만 이 정도면 월드가 부담이 클 텐데……."

그 말에 강윤이 크게 웃었다.

"하하하. 고양이가 쥐 생각하고 있네. 걱정 안 해도 괜찮아요, 아가씨. 이젠 회사가 많이 커졌거든. 엉뚱한 데 돈을 쓰지 않아서 그 정도 여유는 있어."

짧은 시간 동안 많이 변한 월드엔터테인먼트의 위상에 민진서는 크게 놀랐다.

간혹 소식을 접했을 때는 강윤이 전전긍긍했다는 이야기만 접했었는데, 이젠 그러지 않는 모양이었다.

민진서는 계약 조건에도 의아함을 드러냈다.

"보통 기획사들은 5년 정도를 잡잖아요. 20억에 3년이면 오히려 손해 같은데…… 게다가 제 상황이 좋지도 않잖아요."

여전히 고양이가 쥐를 걱정하는 발언에 이번에는 강기준이 끼어들었다.

"하하하. 이거 진서 씨와 사장님 사이가 보통 가까운 게 아닌가 보네요."

"그, 그건…… 선생님이 좋은 분이니까요."

순간 민진서는 뜨끔했지만 아무렇지 않은 듯, 표정을 관리하며 그의 답을 기다렸다.

"진서 씨에겐 선택사항이 있습니다. 계약금을 줄이고, 수익 배분을 좀 더 많이 받는 방법이죠. 물론 이렇게 되면 계약 기간도 늘어날……."

"그렇게 할게요."

"네?"

너무도 당연히 대답하니 이번에는 강기준이 당황했다.

"다, 당장에 들어오는 돈이 줄어드는데, 괘, 괜찮겠어요?"

"상관없어요. 그냥 돈보다……."

그녀는 강윤 쪽으로 눈을 돌렸다.

"마음 편하게 오래 일할 수 있는 곳이 필요하거든요. 10년 계약으로 해도 상관없어요."

"……."

그녀의 폭탄 같은 발언에 강기준은 어안이 벙벙해졌다.

'무슨 탑스타 계약이 이렇게 쉬워?'

이게 신인계약을 하는 건지, 스타계약을 하는 건지…….

강기준은 실소를 머금었다.

♪ ♫ ♪ ♫ ♪

사장실에서 별 실익을 거두지 못한 정현태 이사는 온몸을 부들부들 떨며 자신의 사무실로 돌아왔다.

"야! 양 비서!"

거친 부름에 여비서가 조심스럽게 문을 열며 안에 들어오자 그는 눈을 부라리며 지시를 하기 시작했다.

"지금 우리가 동원할 수 있는 기자들이 얼마나 있지?"

"너무 늦은 시간이라······."

"시끄럽고. 얼마나 되냐니깐?"

여비서는 수첩을 꺼내더니 가능한 기사들을 체크했다.

"스타Asia, 오늘의 연예 등 6개까진 가능합니다. 저희에게 호의적이고 항상 기사를 원하는······."

"사담은 됐고, 당장 다 연락해. 연락해서 민진서가······."

정현태 이사는 흥분을 조금 가라앉히고는 눈을 부라렸다.

"민진서가 우리하고 계약을 중도에 접어버리고 월드로 이적했다고 기사 써. 당장!"

"네?! 그건 사실이 아니잖습니까?"

거짓기사를 담으란 말인가?

그녀는 당혹감을 감추지 못했다.

"내 말 안 들려?! 빨리 움직여!"

하지만 그녀는 내쫓기다시피 그의 지시를 따라야 했다.

"이사님. 눈이 빨개요."

정혜진은 늦은 밤에도 퇴근하지 못하는 이현지에게 커피를 가져다주며 안쓰러운 표정을 지었다.

"……고마워요. 혜진 씨는 그만 퇴근해요."

"아녜요. 오늘 같은 날은 있어야죠. 비상사태인데."

정혜진뿐만 아니라 유정민마저 회사에서 이현지와 함께하고 있었다.

중국에서 민진서와 계약을 제때 할 수 있었던 것은 이 세 사람의 숨은 공이 컸다.

유정민은 조심스럽게 이현지에게 물었다.

"저, 이사님."

"왜 그런가요, 정민 씨?"

"그…… 계약서도 보냈으면 성공적으로 일은 끝난 거 아닙니까? 저희가 아직도 여기에 있는 이유가 무엇인지 궁금해서요."

조금은 발칙한 질문이었다.

아니, 어쩌면 당연한 말이었다. 하지만 이현지는 웃으며 그의 질문에 답해주었다.

"이번 계약은 MG의 연예인이 넘어온 계약이에요. 무슨

일이 있을지 모르거든요. 기왕 있을 거, 조금만 있어봐요. 알
았죠?"

그녀가 친절히 답했음에도 유정민은 여전히 알쏭달쏭한
얼굴이었다.

그러나 그의 표정은 얼마 가지 않았다.

강윤에게서 전화가 온 것이다.

그는 민진서와의 계약이 성공적으로 마무리되었다며 계약
서에서 핵심적인 부분을 사진으로 찍어 보여주었다.

"……하하하하! 계약금 17억에 6:4, 6년이요? 우와, 쾌거
네요. 사장님. 무슨 수를 쓴 건가요?"

ㅡ……하아. 이런 식이면 안 좋은데…….

"뭐가요? 난 좋기만 한데. 7:3에 2년까지도 생각했었는데.
이거, 회식해야겠는데요?"

민진서 정도의 배우에게 저 정도 조건이라면 성공적인 계
약이었다.

6년간 그녀가 벌어들일 수익을 생각한다면…….

이현지는 날아갈 것만 같았다. 물론, 앞으로 넘어야 할 산
이 정말 많았지만…….

그녀가 꿈을 꾸고 있을 때, 강윤이 차분한 목소리로 말했다.

ㅡ지금 당장 기사를 내주세요.

"당장이요? 이렇게 빨리요?"

-네. 지금은 저들이 진서를 그냥 놔주었지만, 나중에 지저분하게 나올지 모르니까요. 간단하게 계약하게 된 계기부터 앞으로의 계획 등을 이야기하면 될 것 같습니다.

"알았어요. 일단 홈페이지에 공개부터 할게요."

강윤과의 통화를 마친 후, 이현지는 빠르게 지시를 내렸다.

"혜진 씨는 홈페이지 등에 공지를, 정민 씨는 인터뷰를 준비해 줘요. 루나스에서 할 거니까 미리 연락하고. 다들 움직입시다. 서둘러요."

"네!"

세 사람은 바쁘게 움직이기 시작했다.

1시간도 지나지 않아, 특종이 있다는 말에 몰려든 기자들로 루나스가 붐비기 시작했다.

"……저희 월드엔터테인먼트는 종합 엔터테인먼트로 거듭나기 위해 배우팀을 설립하고 배우 민진서와 6년간의 전속계약을 맺었습니다."

"……!"

기자들은 난리가 났다.

성질 급한 기자는 그녀의 첫마디만 듣고 기사를 만들어 올린 이도 있었다.

하지만 기자들이 이미지가 망가진 민진서에 대해 묻지 않을 리가 없었다.

"지금 민진서 씨가 중국에서 야기한 문제들로 인해 앞길이 험난할 것이 예상되는데, 이에 대해선 어떻게 헤쳐나갈 계획이십니까?"

뚱뚱한 남자 기자의 어려운 질문에 이현지는 차분히 답을 해나갔다.

"이번 문제는 여러 가지 오해가 만든 추문이 만든 스캔들이라고 알고 있습니다. 하지만 공인으로서 이런 문제를 일으켜 모두에게 폐를 끼친 점, 깊이 뉘우치고 있습니다. 저희는 이런 스캔들 한 번에 꿈 많은 소녀의 미래가 잠식당하는 것이 안타깝다고 생각했습니다. 더 좋은 연기로 돌아올 수 있도록, 모두가 지켜봐 주셨으면 합니다."

"MG와의 계약기간이 남아 있지 않았습니까?"

이번에는 여 기자의 질문이었다.

이현지는 동의하며 답을 이어갔다.

"네. 하지만 진서 본인이 MG엔터테인먼트와 계약을 해지하기를 원했고 MG엔터테인먼트 사장님과 이사님들이 넓은 아량으로 위약금 등을 받지 않고 계약 해지에 동의해 주셨습니다. 계약서를 보여드리고 싶지만, 직접 보여드리지 못하는 것이 아쉬울 따름입니다."

이현지는 능숙하게 인터뷰를 이어갔고, 인터넷에는 민진

서의 소속사 이전에 대한 검색어가 1위부터 주욱 나열되기
시작했다.

"하하하. 어서 와요, 김 기자."

정현태 이사는 자신의 사무실에서 연예계 유명 기자인 김
기자를 비롯한 수 명의 기사들을 반겼다.

김 기자는 정현태 이사가 내민 손을 맞잡으며 화답했다.

"안녕하십니까, 이사님. 전 오늘 이사님께 감동하고 오는
길입니다."

"감동? 나야 원래 그럴 만한 사람이니…… 크흠흠."

"……."

"농담이 재미없었나? 하하하."

정현태 이사는 웃으며 자리에 모두를 앉혔다.

본격적으로 인터뷰를 하기 위해서였다.

그런데 아까 그 김 기자가 그에게 말을 꺼냈다.

"이사님. 그 탑스타인 민진서를 그렇게 아무 잡음 없이 보
내주시다니…… 전 정말로 놀라고, 감동했습니다."

"음? 그게 무슨 말인가?"

지금 그거 못 하게 하려고 너희들 오라고 한 건데?

귀신 씨나락 까먹는 소리에 정현태 이사는 고개를 갸웃했다.

그 마음을 아는지 모르는지, 김 기자는 말을 이어갔다.

"하하하. 이사님, 농담도. 그렇게 말씀하시지 않아도 다 압니다. 위약금도 받지 않고 민진서를 보내주신 것. 그게 다 이사님들 뜻이었다면서요?"

"뭐, 뭐라고? 그게 무슨……."

"괜한 오해였나 봅니다. 민진서와 MG 간의 불화가 심했다는 말도 말입니다. 연예인과 소속사가 이렇게 깔끔하게 마무리하기도 쉽지 않은데 말이죠. 제가 이 바닥에서 10년째 일하지만 이런 미담은 정말이지 처음입니다, 처음!"

"……."

정현태 이사는 자신의 의도와는 전혀 다른 기사가 나갈 것 같아 당황스러움을 감추지 못했다.

1. 민진서 이적

2. 월드엔터테인먼트

3. 민진서 새둥지

4. 아량

5. 연참

쾅!

기자들을 내보내자마자, 정현태 이사는 주먹으로 애꿎은 책상을 강하게 내려쳤다.

"뭐, 뭐…… 이런……."

속도에서 지고 말았다.

1시간, 1시간만 빨랐어도!

위약금도 받지 않고 보내준 민진서에게 안 좋은 기사를 내보내는 식의 인터뷰를 한다?

그 즉시 자신은 한 입으로 두말하는 웃기는 남자가 되어버린다.

"이현지…… 이강윤…… 허허……."

기가 막혔다.

이미 상대방은 철저하게 수를 읽고 있던 게 분명했다.

"이런 젠장할!!"

정현태 이사는 책상 위의 서류를 마구잡이로 집어던지며 풀리지 않는 마음을 삭혔다.

4화

어느새 유명인사?

“고생 많았어.”

VIP만 이용할 수 있는 통로로 극비리에 입국한 민진서를 이현지는 직접 공항에 나가 정성스럽게 맞아주었다.

MG에 있을 때, 자신을 잘 돌봐주었던 이현지를 본 민진서는 얼굴에 화색을 띄었다.

“이사 언니.”

“어구구? 우리 진서 왔어요?”

민진서는 쪼르르 달려가 어린아이처럼 이현지에게 안겼다.

그 모습에 강윤과 강기준은 웃으며 한마디씩 남겼다.

“어른인 줄 알았더니, 애네, 애야.”

“……민진서에게 저런 모습이 있을 줄은 몰랐습니다.”

한국이나 중국에서 여신 같은 범접하지 못하는 아우라를 뿜어내는 민진서에게 이런 의외의 모습이 있었다며 강기준은 너스레를 떨었고, 애라는 말에 민진서가 눈을 치켜뜨며 강윤을 노려보자 모두에게서 웃음보가 터져 나왔다.

"하하하."

민진서도 모처럼 편안하게 웃을 수 있었다.

얼마 만에 마음 편히 웃는 것인지…….

공항에서 강윤은 민진서에게 집에 데려다준다고 했지만, 그녀는 지금 집으로 가면 부모님이 더욱 걱정하신다며 고개를 흔들었다.

"그러면 호텔이라도 알아봐 줄까?"

"괜찮아요. 이런 것 때문에 선생님 돈을 쓰게 하고 싶지 않아요."

"어이구? 그런 기특한 말을?"

강윤은 민진서의 머리를 가볍게 매만져 주었다.

그 손길이 좋았는지 그녀가 헤실헤실 웃자 앞좌석에 앉은 이현지가 장난스럽게 웃었다.

"누가 보면 연인인 줄 알겠어. 두 사람? 너무 가까운 것 아니에요?"

가벼운 농담이었지만, 강윤은 순간 움찔했다.

아직 말할 단계가 아니라며 민진서와의 관계는 모두에게

비밀로 하고 있었으니…….

그는 민진서에게서 손을 놓고는 천연덕스럽게 답했다.

"에이. 항상 하던 행동이잖습니까."

"어라? 전에는 이런 변명도 없었는데? 후후. 진짜예요?"

"…….."

이현지의 묘한 눈길에 강윤은 웃으며 답을 피했고, 그녀도 더 장난을 하진 않았다.

민진서는 알려져도 괜찮다는 듯, 흥미로운 눈빛을 하고 있었지만…….

당분간 민진서는 이현지의 집에서 함께 머무르기로 했다.

이현지는 적적하던 차에 잘됐다며 반겼고 민진서도 잘 부탁한다며 숙소일은 마무리되었다.

네 사람이 탄 차는 그렇게 이현지의 집으로 향했다.

"……멋있네."

이현지의 집은 40층에 위치한 타워펠리스였다.

강윤은 그녀가 내려준 커피를 마시며 창가에 비치는 서울의 야경을 눈에 담고 있었다.

그의 옆에는 간단한 활동복으로 갈아입은 이현지가 다가왔다.

"이사 온 지는 얼마 안 됐어요. 요새 사업이 워낙 잘되잖아요? 다 사장님 덕분이죠."

"그렇게 말해주니 고맙네요."

"사실이잖아요."

이현지는 흐뭇한 미소를 지어 보였다.

"대출을 많이 끼고 사긴 했지만…… 그래도 좋아요. 다음 목표는 성북동! 어때요?"

"하하하. 좋네요."

더 큰 부자동네 입성을 언급하니 강윤은 크게 웃음을 터뜨렸다.

이현지는 고급스러운 식탁에 앉아 대화를 나누는 강기준과 민진서를 돌아보았다.

"저 두 사람, 어떤가요? 잘 맞는 것 같나요?"

이현지의 물음에 강윤은 신중하게 답했다.

"기질만 따지면 잘 맞는 것 같습니다. 진서나 기준 씨나 두 사람 다 신중하니까요. 실수를 할 사람들은 아니죠. 하지만 일은 해봐야 알 거라 봅니다."

"하긴. 일은 해봐야 알죠."

두 사람은 창가로 눈을 돌리며 현재 상황에 대해 이야기했다.

"다행히 한국 상황은 생각보다 쉽게 정리가 됐습니다. 이 사님이 빠르게 움직이신 공이 컸습니다."

"아니에요. 정말 간발의 차이였어요. 나중에 들어보니

MG에서 기자들을 소집했다고 하더라고요. 우리가 기사를 내기 1시간 전이었어요. 의도야 뻔하죠. 웃기는 애들이에요. 머리가 없는 건지…… 혹시 사장님은 MG에서 다른 말을 할 수도 있을 거라고 생각을 하고 있던 건가요?"

이현지는 궁금했다. 그녀는 MG가 설마 이렇게까지 할까라는 생각을 했었으니 말이다.

강윤은 고개를 끄덕이며 답했다.

"MG는 의사결정체가 하나가 아니잖습니까. 사장과 이사. 혼선이 빚어질 가능성이 있죠. 거기에 이사들의 마음도 안 맞을 수도 있고…… 게다가 민진서는 회사 내 최고의 스타였습니다. 잡음이 없을 수가 없죠."

이현지는 강윤의 말에 동의했다.

지금 MG는 혼란의 도가니나 다름없다. 힘 있는 이사들이 마구 회사를 주무르는 웃기는 상황.

자신들의 이익에 의해 회사가 산으로 가고 있으니 제대로 된 결정이 이루어질까?

그녀는 쓴 표정을 짓다가 화제를 전환했다.

"찬양 선배가 강윤 씨에게 부탁하고 싶은 게 있다고 하더군요."

"부탁이요? 어떤……."

"옛날에 말했던 사안이라고 하더라고요. 혹시 선배 수업에 특강 나가겠다고 약속한 적 있었나요?"

"특강이요? 아."

그 말에 강윤은 머릿속에 뭔가가 떠올랐는지 손뼉을 쳤다.

다음 날.

강윤은 바로 최찬양 교수를 찾아갔다.

"내가 찾아갔어야 하는데, 미안해요."

최찬양 교수는 자신의 연구실로 찾아온 강윤과 자리에 마주 앉았다.

연구실에 들어선 강윤을 본 여자 조교는 그를 힐끔힐끔 보며 호들갑을 떨었다.

"윤 조교, 미안한데 커……."

"네!"

최찬양 교수의 말이 끝나기도 전에 그녀는 커피를 타왔다.

"안녕하세요. 윤상혜라고 합니다."

"반가워요."

강윤은 가볍게 목례로 인사를 했다.

보니 언제 안경을 벗었는지 큰 눈을 드러내고 머리까지 풀어 내리고, 난리도 아니었다.

그녀는 커피를 내려놓고도 자리를 떠나기 아쉬웠는지 천천히 발걸음을 옮겼다.

커피를 조금 넘긴 최찬양 교수는 달력을 가리키며 특강에 대해 말을 꺼냈다.

"강윤 씨, 시간은 언제쯤 괜찮으신가요?"

"지금 하는 일이 마무리돼야 하니까…… 4월에는 시간이 날 것 같네요."

"4월이라…… 그러면 애들 중간고사 끝난 다음 주는 어떤가요? 그때면 수업 듣기도 싫어질 타이밍이라 좋을 것 같아요. 모두들 아주 좋아할 것 같네요."

강윤은 흔쾌히 고개를 끄덕였다.

"알겠습니다. 그런데 학생들 수준이 저보다 나을 것 같은데 걱정이네요."

"그렇지 않아요. 강윤 씨 같은 사람이 그런 말을 하면 어떻게 해요."

"제가 무슨 말을 할 수 있을지는 모르겠지만…… 알겠습니다."

최찬양 교수는 달력에 강윤의 특강 스케줄을 체크했다.

한편, 조교의 눈이 휘둥그레지며 핸드폰에 불이 나려는 찰나, 최찬양 교수가 부드럽게 운을 뗐다.

"윤 조교. 강윤 씨에 대한 건 우리끼리 아는 비밀이에요."

"……네."

"난 윤 조교를 믿어요."

특종거리를 SNS에 올려 따봉 세례를 받으려 했던 그녀는
최찬양 교수의 엄포에 시무룩해지고 말았다.

점심시간이 가까울 무렵.

강기준은 민진서를 만나기 위해 이현지의 집으로 향했다.

언론에 노출되는 것을 피하기 위해 민진서는 바깥출입을
삼가고 있는 상황이었기에 그가 직접 움직인 것이다.

"하고 싶은 게 없어?"

"……네."

그녀의 무덤덤한 이야기에 강기준은 당혹감을 감추지 못
했다.

강윤과 있을 때는 그렇게 활달하더니, 막상 자신과 둘이
있으니 거의 목석같았다.

그래도 그는 포기하지 않고 나중에라도 하고 싶은 장르에
대해 물었지만 그녀는 아무 생각도 나지 않는다며 고개를 흔
들어버렸다.

'탈진한 건가?'

말라버린 우물물처럼, 내면이 말라 버리면 이런 일이 가능
했다.

지금까지 민진서는 데뷔 이후 휴식 기간도 거의 없다시피 하며 달리기만 했다.

휴식이 필요했지만 그는 회사도 생각해야 했다.

'6년 계약이라지만, 17억이라는 돈을 썼어. 게다가 나도 성과를 보여야 하고. 아, 이거 쥐어짜도록 설득을 해야 하나?'

하지만 그건 바람직하지 않은 것 같고…….

난감한 상황이었다.

그때, 벨 누르는 소리가 들려 의아함에 인터폰을 보니 강윤이 있었다.

그는 의외의 방문에 놀라 문을 열어주었다.

"사장님. 말도 없이 갑자기……."

"두 사람을 만나러 왔지요. 진서도 안에 있지요?"

강윤이 거실에 들어서자, 덤덤했던 민진서의 얼굴이 대번에 미소로 가득 찼다.

"선생님!"

"안녕. 잘 쉬고 있었어?"

"네!"

민진서의 변화에 강기준은 실소했다.

이 아가씨, 이렇게 화사한 미소를 지을 수 있는 사람이었나?

본격적으로 앞으로의 일정을 논의하기 위해 강윤은 두 사람과 마주앉았다.

"진서야. 앞으로 하고 싶은 게 있니?"

"하고 싶은 거요? 음…… 사실……."

민진서는 망설이다가 조심스럽게 답했다.

"사실…… 공부를 하고 싶어요."

"공부?"

"저, 대학에 가고 싶거든요."

쉽지 않을 거란 걸 아는지, 모기만 한 목소리로 그녀는 조심스럽게 답했다.

강기준은 자신은 전혀 듣지 못했던 말에 눈이 휘둥그레졌고, 강윤은 팔짱을 끼었다.

'그러고 보니 진서는 고등학교밖에 나오지 못했지?'

대학에 진학에 연기에 대한 공부를 제대로 해보고, 대학 생활도 즐겨보고 싶은 것이 그녀의 마음이었다.

그러자 강기준이 대번에 반대 의견을 냈다.

"지금 위치에서 대학에 가봐야 얻을 게 없……."

그때, 강윤이 손을 들어 그를 제지했다. 잠시 그녀의 말을 더 들어보자는 제스처였다.

강기준은 헛기침을 하며 물러났고, 민진서는 말을 이어 갔다.

"잠깐이라도 좋으니까 남들이 하는 평범한 생활을 해보고 싶어요. 불가능하다는 것은 알지만 흉내라도 좋으니까…… 1년, 1개월…… 아니, 1주일이라도 좋으니까…….”

“…….”

민진서는 말끝을 흐렸다.

그녀의 목소리에서는 남들과 같은, 평범한 생활에 대한 간절함이 있었다. 드라마에서 하는 연기가 아니라, 진짜 평범한 생활이 말이다.

평범한 생활도 좋지만, 기획사와 계약을 했다는 건 연기를 포기할 수 없다는 걸 의미한다.

결국, 그녀는 지금 두 마음을 가지고 있었다.

그녀의 말이 끝나자 강윤은 조근한 어조로 말했다.

“진서, 너도 꺼낸 말을 이루는 것이 쉽지 않다는 걸 알고 있을 거야. 그렇지?”

“…….”

“하지만 여기 강 팀장님이라면 어떻게든 방법을 마련해 줄 거야.”

“네?

“서, 선생님…….”

강윤의 폭탄과 같은 말에 민진서도 강기준도 크게 당황해 서로를 멍하니 바라보았다.

하지만 강윤은 그 마음을 아는지 모르는지 씨익 웃으며 말을 이어갔다.

"강 팀장님."

"네, 사장님."

"이 시간 후로 진서는 강 팀장님 담당입니다. 작품을 하든, 트레이닝을 하든 뭘 해도 상관없습니다. 학교에 대한 것, 아니 앞으로 일어나는 진서에 대한 모든 것들은 알아서 결정하시면 됩니다. 저에겐 그냥 보고만 하시면 됩니다. 따로 터치하지 않겠습니다. 예산은 이사님과 이야기해서 타시면 됩니다."

"사장님……."

강윤은 민진서에 대한 모든 권한을 그에게 넘긴다는 이야기를 하고 있었다.

설마 했지만 그것이 실제로 이루어지니 강기준은 경악을 금치 못했다.

"아, 알겠습니다."

강기준은 당황하며 고개를 끄덕였다.

답을 들은 강윤은 민진서에게로 고개를 돌렸다.

"진서야."

"네, 선생님."

"앞으로 강 팀장님을 나라고 생각하고 따라줘. 유능하면서 좋은 분이야. 알았지?"

"……."

강윤이 담당하는 것이 아닌 게 불만이었지만, 민진서는 입술을 다물며 고개를 끄덕였다.

"1년입니다. 이 정도면 충분할 것이라 생각합니다. 그렇죠?"

"……차고도 넘칩니다, 사장님."

누가 자신을 이렇게까지 믿어준 적이 있던가.

경악했던 강기준의 눈이 의지로 불타기 시작했다.

3월과 4월의 월드엔터테인먼트는 민진서의 일로 시끌시끌했다.

음악 전문 회사가 종합 엔터테인먼트사로 탈바꿈하는 것이냐며 연일 화제였다.

특히 민진서가 어떤 작품으로 복귀할지 인터뷰 요청도 많았지만 강기준은 모든 인터뷰를 거절한 채, 민진서를 꼭꼭 숨겨두었다.

그렇게 사람들의 관심이 조금씩 사그라지기 시작하는 4월 말이 되었다.

"오빠, 빨리! 늦겠어."

스튜디오에서 짐을 챙기던 희윤은 인문희에게 연습할 것

들을 지시하는 강윤을 재촉했다.

"알았어. 잠깐만. 오늘은 너무 많이 연습은 하지 말고……."

"아, 오빠. 했던 말을 몇 번하고 있어."

희윤은 많이 들떠 있었다.

오늘은 강윤과 함께 한려예술대학에 특강을 가는 날이었기 때문이었다.

한국의 대학이 어떤지, 그곳에서 오빠가 어떤 모습으로 학생들 앞에 서는지, 모든 것이 기대되었다.

하지만 동생의 들뜬 마음과는 달리 강윤은 인문희에게 중요한 것을 세 번이나 더 이야기하고 나서야 스튜디오를 나섰다.

"하여간 문희 언니가 바보도 아니고. 했던 말 또 하고 또 하면 싫어한다니까."

"그래도 이래야 안 잊어버리잖아."

"그건 그렇지만……."

남매는 차를 몰아 한려예술대학으로 향했다.

연구실에 가니 최찬양 교수가 그들을 기다리고 있었다.

"어서 와요, 강윤 씨. 이분은…… 혹시 동생분인가요?"

"안녕하세요? 이희윤이라고 합니다."

자신을 보고 바로 강윤의 동생이라고 한 것이 좋았는지, 희윤은 평소보다 밝게 웃으며 고개를 깊이 숙였다.

최찬양 교수는 반갑게 희윤과 손을 맞잡은 후, 간단한 대화를 나누고는 함께 강의실로 향했다.

세 사람이 강의실에 들어서니 그의 수업을 듣는 30명 가량의 학…….

"오늘 학생이 조금…… 많네요."

자리가 없어 길목, 뒤, 옆, 심지어 앞까지 서 있는 학생들의 모습에 최찬양 교수와 강윤 남매는 어색한 웃음을 흘렸다.

30명이 들어가는 강의실에 평소보다 배는, 아니 3배는 넘을 듯한, 족히 봐도 100명은 넘을 듯한 학생들로 빼곡히 들어차 있었다.

강단에 서기 전, 최찬양 교수가 맨 앞 길목에 쪼그려 앉아 있는 여학생에게 물었다.

"학생, 못 보던 학생인데 어떻게 온 건가요?"

"죄송해요. 애한테 듣고 왔는데요. 오늘 작곡가 뮤즈가 특강 온다고 들어서요. 청강…… 안 되나요?"

여학생은 귀여운 표정을 지으며 최찬양 교수의 수업을 듣는 학생을 가리켰다.

최찬양 교수는 특강을 하는 사람이 누구라고 이야기한 적이 없었다.

'윤 조교야…….'

통로는 하나. 범인은 하나밖에 없었다.

SNS는 막았어도, 입은 막을 수 없었던 모양이었다.

그의 인자한 얼굴이 울상이 되어버렸다.

'오빠, 인기 좋다?'

희윤은 강윤의 옆구리를 찌르며 터질 것 같은 강의실을 보며 계속 키득거렸다.

'강윤 씨. 미안해요.'

최찬양 교수가 강윤에게 미안한 얼굴로 고개를 숙이자 강윤은 괜찮다며 손을 흔들었다.

'괜찮습니다. 그런데 학생들이 많긴 많네요.'

강윤은 미어터질 듯한 강의실을 보며 어색하게 웃으며 볼을 긁적였다.

희윤은 오빠가 과연 어떻게 해결할지 흥미 있는 눈으로 지켜보고 있었다.

'일단 수습부터 하죠.'

강윤은 학생들에게로 눈을 돌렸다.

"혹시 근처에 비어 있는 강의실 있나요? 이 상태로 수업을 하긴 힘들 것 같네요."

그러자 남학생 한 명이 큰 목소리로 존재감을 드러냈다.

"조금 걸어야 하긴 하는데…… 저희 학과 302호 강의실이 비어 있습니다. 100명 이상 들어갈 수 있는 큰 강의실입니다."

"그래요?"

강윤이 최찬양 교수를 돌아보자 그는 말을 꺼낸 남학생에게 어느 학과인지 물었다. 그 후 그는 전화를 해 허락을 얻었다.

허락을 얻자 강윤은 학생들에게 이야기했다.

"자, 이동할까요? 옆 건물 302호로 이동해 주세요."

모두가 썰물과 같이 빠져 나가고, 강윤과 희윤은 짐을 챙겼다.

최찬양 교수는 강윤에게 미안함을 감추지 못해 다시 말을 꺼냈다.

"미안해요. 내가 너무 안일했네요. 강윤 씨에 대한 인지도가 옛날하고 완전히 달라졌다는 걸 생각했어야 했는데……."

"제가 기대치를 채울 수 있을까요? 걱정되네요."

강윤이 걱정하는 모습을 보이자 희윤이 오빠의 어깨에 손을 얹었다.

"에이. 그러면서 또 잘할 거잖아. 그치?"

"그래. 그럴 거다."

"어어? 머리 망가져."

강윤은 희윤의 머리를 손으로 비비고는 옆 건물로 향했다.

세 사람이 강의실로 들어서니 학생들은 이미 모두 자리에 착석해 강윤을 기다리고 있었다.

강윤은 화이트보드에 자신의 이름을 쓰고는 학생들에게

고개를 숙였다.

"반갑습니다. 이전에 봤던 학생들도 있고, 처음 뵙는 분들도 있군요. 이강윤이라고 합니다."

"오오오오오!"

본격적으로 강연이 시작되자 학생들에게서 엄청난 호응과 함께 박수가 쏟아졌다.

등장한 지 3년 만에 히트곡 제조기 반열에 오른 작곡가, 뮤즈.

모두가 안 된다는 스타도 다시 사랑받게 만들고, 흔한 신인도 스타로 탈바꿈시키는 기획자.

무엇보다…….

지금까지 한 번도 실패한 적이 없는 엔터테인먼트계의 마이더스의 손!

뮤직 엔터테인먼트에 이미 발을 담그고 있는 것이나 다를 바 없는 학생들은 강윤에게 열광했다.

'이래서 애들이 무대에 열광하는 거구만.'

엄청난 호응에 마음이 들뜨자 강윤은 잠깐 엉뚱한 생각을 했다.

하지만 이내 앞에서 눈을 반짝이는 고양이상의 여학생과 눈을 마주하며 본론을 꺼냈다.

"학생은 이름이 어떻게 되나요?"

"장연주라고 합니다."

강윤에게 이름이 호명된 여학생은 잠시 굳었다가 또랑또랑한 목소리로 답했고, 주변의 이목이 그녀에게 집중되었다.

출석부를 보고 그녀가 보컬로 실용음악과에 들어왔다는 걸 알게 된 강윤은 차분히 물었다.

"학생은 엔터테인먼트가 뭐라고 생각하나요?"

"엔터테인먼트요? 어? 노는…… 거?"

몇몇 학생들이 킥킥거리는 가운데, 강윤은 고개를 끄덕이며 말을 이어갔다.

"맞아요. 노는 거. 엔터테인먼트는 노는 거지요. 그렇다면 음악에 종사하는 사람들 대부분이 가고 싶어 하는 엔터테인먼트 회사는 무엇을 하는 회사일까요?"

"노는…… 회사?"

웃음소리가 커졌다.

하지만 강윤은 미소를 띠며 그녀의 이야기를 크게 긍정했다.

"맞아요. 노는 회사입니다. 정확하게는 사람들을 놀게 해주는 회사겠죠?"

"오오올."

주변 학생들의 호응이 이어지자 정연주라는 학생은 어깨를 으쓱였다.

분위기가 집중되는 가운데, 강윤은 마지막 질문을 했다.

"그렇다면 엔터테인먼트 회사는 어떤 사람을 선호할까요?"

"잘 노는…… 사람이 아닐까요?"

"맞습니다. 똑똑한 학생이네요. 모두 박수 한번 쳐주실 까요?"

박수소리가 이어진 후, 강윤은 강한 어조로 말을 이어 갔다.

"여기 있는 대부분의 학생들은 엔터테인먼트사와 어찌되 었든 연관이 되었을 겁니다. 입사, 설립 등 여러 가지 형태가 있겠죠. 그것을 위해 여러분은 힘든 입시경쟁을 뚫었고, 이 제는 다음 과정을 앞두고 있습니다. 제가 말하고자 하는 것 은 음악분야, 엔터테인먼트에서 사람을 보는 기준, 그리고 엔터테인먼트 사에 대한 것들입니다. 조금이라도 도움이 되 었으면 합니다."

강윤의 선언과도 같은 말이 이어지자 학생들의 눈이 대번 에 초롱초롱 빛이 나기 시작했다.

세종시에 위치한 문화체육관광부 정부 부처.

안 그래도 바쁘게 돌아가는 정부 부처의 국장실에서는 조만간 있을 파티 때문에 골머리를 썩고 있었다.

"월드라, 월드. 여기에 보내, 말아?"

정차수 국장은 '월드엔터테인먼트 관계자들'이라고 적힌 란에 연신 붉은 동그라미를 치며 골머리를 썩고 있었다.

최근 3년간 음악 엔터테인먼트 사업에서 샛별같이 떠오르고 있다는 건 알고 있었지만 시간이 짧아 이번 파티에 초대할 만한 인사로 적합한지 애매했던 것이다.

그의 앞에 서 있던 민영찬 담당관이 괜찮을 거라며 말을 흐렸다.

"초대받을 만한 조건에는 다 부합합니다. 회사 규모, 보유하고 있는 가수 숫자까지. 모자라는 건 시간과 인지도뿐입니다. 제 생각엔 괜찮지 않을까 해서……."

"그러니까 시간이 문제라고, 시간이. 3대 기획사라는 회사들 봐봐. 못해도 10년은 된 것들이 태반이라고. 이제 3년 된 회사가 초대장 받으면 그들이 뭐라고 안 하겠어? 명색이 한류문화에 방귀깨나 뀐다는 이들을 초대해서 고견을 듣는다는 명분의 파티인데 말이지."

"그래도 여기 사장이라는 이강윤이 한 일들을 생각해 보면……."

"그래서 더 문제라고. 이강윤? 그 사람, 나도 모르는 게 아냐. 보고서 다 읽었어. 우린 괜찮아도 다른 사람들이 괜찮다고 할까?"

정차수 국장이 쉽사리 결정을 못 하고 한숨을 쉬고 있을 때, 문 두드리는 소리와 함께 한 머리 벗겨진 남자가 들어섰다.

"차, 차관님!"

두 남자는 놀라 자리에서 벌떡 일어났다.

한영관 차관은 괜찮다며 두 사람에게 자리를 권하고는 바로 용건을 이야기했다.

"보고서 잘 받았어요. 한 사람 때문에 고민이라고요?"

"네, 차관님, 혹여나 다른 사람들 눈 때문에……."

"일도 많은데 괜히 고민하지 마요. 보내세요."

"네?"

한영관 차관이 너무도 쉽게 이야기하자 정차수 국장은 얼떨떨해졌다.

"고인 물만 마셔봐야 뭐하겠어요. 다른 사람들 이야기도 들어봐야죠. 보내세요. 다른 사장들 반응도 볼 겸. 자기들 입으로 항상 열린 자세를 하고 있다고 했으니 그게 사실인지도 한번 봐야겠어요."

"알겠습니다."

"이번 파티는 재미있겠네요."

한영관 차관은 더 갈 필요도 없다며 바로 서류 사인을 해주었다.

그의 미소에 맞춰, 두 사람도 함께 웃었다.

강연이 이어졌다.

노오오오오오력을 하면 스타가 돼서 인생을 역전할 수 있다?

강윤의 입에서 그런 희망찬 이야기는 나오지 않았다.

"이 바닥 문이 좁다는 건 모두가 잘 알고 있는 사실입니다. 1,000명의 지망생이 있으면 연습생 과정을 거치고 연예인으로 데뷔하는 건 100명이 될까 말까. 데뷔한다 해도 그 1명이 스타가 되는 것도 미지수. 여기선 노력하면 된다는 말은 희망고문이죠. 여러분은 잔인한 리그에 스스로 발을 들인 겁니다."

강윤의 차가운 말에 학생들은 숨을 죽였다.

냉혹하리만치 잔인하지만 현실적인 말이었다.

모든 걸 잃어본 강윤만이 할 수 있는 말이기도 했다.

"여기선 모두가 간절해집니다. 때문에 함정도 많죠. 스타로 만들어줄게. 단 그러려면 얼마가 필요해. 이 사람과 자면…… 후우. 치사하고 지저분한 거래가 우습게 이루어지는 곳이기도 합니다."

"……."

모두가 말이 없었다.

강윤이라면 뭔가 다른 말을 할 줄 알았다.

상처받은 청춘에게 희망을 줄 거라 생각했는데…….

학생들은 실망했는지 고개를 깊이 숙여 버렸다.

그때.

"그러나 보이지 않는 것이지, 길은 있습니다. 다시 말하죠. 보이지 않는 겁니다. 절대 없는 것이 아니에요. 여러분이 해야 할 일은 그 길을 찾는 겁니다. 제가 그 길을 찾는 법이 될지는 모르겠습니다. 다만 조금이라도 도움이 되었으면 합니다."

갑작스러운 반전에 학생들 모두가 고개를 번쩍 들었다.

단번에 시선을 끌어 모은 강윤은 차분히 말을 이어갔다.

"가수, 작곡가 등 각 분야마다 전략을 다르게 짜야겠죠. 일단 가수 지망생이 가장 많을 테니 여기에 집중해서 이야기하겠습니다. 일단, 가수가 되는 법. 그중 연습생에 대해 이야기하겠습니다."

멍한 시선을 하던 학생들마저 눈을 번뜩이며 펜을 들었다.

"각 기획사들마다 특징이 있다는 것은 다 알 거라 생각합니다. 간단하게 이야기하면, MG는 외모와 기본기를 겸비한 연습생을 선호하고, 예랑은 기본기보다 특색 있는 목소리나 춤, 그리고 외모를 함께 보지요. 윤슬은 조금 다릅니다. 거긴 어떤 시기인지에 따라 컨셉이 달라지는데…… 아, 이거 이야 기하면 추 사장님께 혼날라나."

"하하하하하."

조금 긴장이 풀어졌는지 학생들이 옅게 웃음을 터뜨렸다.

강윤도 가벼워진 어조로 이야기를 이어갔다.

"거긴 개성이 많이 중요한데 기준이 모호한 편이죠. 이게 가장 어렵습니다. 그 회사가 매년 원하는 개성의 기준이 다 르니까요. 차라리 기본기를 잡는 것이 낫습니다. 회사의 색 깔이 가장 강한 곳이 윤슬이니까요. 여기에 맞춰 준비를 하 다보면, 다른 기획사들은 자연스럽게 준비가 될 것입니다."

그때, 한 여학생이 손을 번쩍 들었다.

"월드의 선발기준은 어떻게 되나요?"

그러자 다른 학생들도 궁금했는지 강하게 호응하기 시작 했다.

"궁금해요!"

"월드요, 월드!"

학생들이 웅성거리자 강윤은 손을 들어 그들을 잠잠하게 만들고는 차분히 말했다.

"월드요? 음…… 뭐라고 해야 하지? 내 눈에 드는 사람?"

"에이! 그게 뭐예요."

"악덕사장."

"하하하."

난데없는 말에 항의가 빗발쳤지만 강윤은 웃으며 말을 이어갔다.

"하하하. 좀 어려울지도 모르는데…… 우리 회사의 모티브는 '가수가 하고 싶은 노래를 하게 하자' 이거입니다. 그 노래가 대중에게 어필할 수 있는지, 없는지를 판단하는 것이 제 역할이죠. 정리하면 자신만의 색깔로 남을 즐겁게 해주는 사람. 그런 사람을 기준으로 삼습니다."

"……."

"……어렵다."

"그게 제일 어려워요!"

지금까지 성공을 이어온 이유가 있다며, 학생들의 원성이 자자했다.

강윤의 멋쩍은 표정에 희윤은 킥킥대며 웃었고 최찬양 교수도 소리 없이 웃음 지었다.

회사에 대해 정리를 한 강윤은 이어 작곡가, 공연 시장 등에 대해서도 여러 가지 이야기를 해주었다. 학생들은 음악 산업 전반에 관한 이야기에 한마디라도 놓칠까 필기까지 하며 그의 말에 집중했다.

그렇게 쉬는 시간도 없이 예정되었던 2시간이 훌쩍 지나갔다.

"이상으로 오늘 준비한 시간을 마칠까 합니다. 질문 있나요?"

강의를 마친 강윤의 말에 머리를 한 갈래로 묶은 여학생이 손을 들었다.

"전 실용음악과 문진희라고 합니다. 전 대학 생활을 하면서 아이돌 가수를 목표로 연습생이 되려고 준비를 하고 있는데요. 혹시 늦은 건…… 아닐까요?"

"나이가 어떻게 되나요?"

"22살이요."

그러자 강윤은 짧게 한숨을 쉬었다.

"쉽지 않을 것 같네요. 아, 불가능하다는 말이 아니에요."

"……."

"일단 원론적인 이야기를 해볼게요. 쉽게 이야기해서 10대 애들과 경쟁을 해야 한다는 이야기인데, 그러기 위해서는 진희 씨가 경쟁력이 있어야 한다는 이야기입니다. 여자 아이돌은 남자 팬을 거느려야 하는데, 그러기 위해서는…… 사실 어린 것은 경쟁력이거든요. 아니면 나만의 무기를 가지거나."

"나만의…… 무기요?"

"주아나 에디오스 민아의 춤 실력을 예로 들 수 있겠네요."

"윽……."

그 말에 그 여학생은 기겁을 했다.

한국 여자 가수 중 탑 3로 꼽히는 주아나 민아의 춤이다.

그녀는 그런 힘든 것 대신 다른 방법이 없냐며, 귀여운 표정으로 강윤에게 어필했다.

그 표정에 강윤은 덤덤한 어조로 이야기했다.

"……조금 냉정하게 말할게요. 학생은 미인이에요. 하지만 그 정도는 이 바닥에 발에 차일 정도로 많아요. 현실은 이렇습니다."

"그, 그럼 전 어떻게 아, 안되나요?"

그녀는 울상이 되어버렸다.

눈물짓는 표정도 예쁘장한 것이 남자들 많이 홀렸을 법했다. 그녀의 눈물 안에는 '나, 월드에서 어떻게 안 되나요'라는 속뜻이 들어 있었다.

작은 여우 짓에 강윤은 차분히 말을 이어갔다.

"솔직하게 말할게요. 학생은 눈에 띕니다."

"눈에…… 띈다고요?"

"네. 그건 큰 장점이에요. 다른 사람들은 날고 기어도 눈에 띄기 힘든데, 누구는 가만히 있어도 눈에 띄니까요. 하지만…… 지금은 그게 전부예요."

모두가 숨을 죽인 가운데, 강윤은 그녀 앞에 섰다.

"사람은 눈에 띄는 사람에게 기대를 하게 마련입니다. 팬들도 마찬가지죠. 그 기대감을 충족시킬 만한 뭔가를 갖춘다면, 학생은 자기도 모르게 원하는 사람이 되어 있을 겁니다."

"……."

강윤은 펜을 들어 그녀의 책상 위에 있는 종이에 글귀를 적었다.

이 바닥에서 내숭은 안 통해요.

강윤의 쪽지를 본 그녀의 표정은 새빨개져 버렸다.

강단으로 돌아온 강윤은 차분한 어조로 선언했다.

"이상으로 오늘 시간을 마치겠습니다."

"와아아아─!"

모두에게서 열화와 같은 박수를 받으며 강윤은 강연을 마무리했다.

이후, 강윤과 희윤은 저녁을 대접하겠다는 최찬양 교수와 함께 학교에서 멀지 않은 레스토랑으로 향했다.

100명이 넘는 학생들과도 무리 없이 소통한 강윤에게 감사하다며 최찬양 교수는 고급 와인까지 사는 성의를 보였다.

세 사람이 식사를 하고 있을 때, 연락을 받은 이현지가 커튼을 젖히고 룸에 들어섰다.

"이사 언니."

"오셨군요."

강윤과 희윤이 그녀를 반겼고, 최찬양 교수도 손을 흔들며 그녀를 맞아주었다.

네 사람은 즐겁게 오늘 있었던 일을 이야기했다.

이현지는 강윤이 학생들에게 한 여러 가지 조언에 귀를 기울였다.

"……SNS에서 비책이라며 퍼지지 않을까 걱정이네요."

"그냥 소속사 특징이라며 이야기가 도는 정도일 겁니다. 이 정도로 붙는다는 보장도 없고요."

"그건 그렇죠. 그런데 학생들 말도 일리가 있어요. 월드 조건이 가장 까다롭네요. 하고 싶은 노래를 '잘'해야 하잖아요?"

"……하하."

이현지마저 학생들의 의견에 동조하니 강윤은 멋쩍은 미소를 지었다.

강윤은 소위 S대 입시 담당관이라도 된 것 같아 어색한 웃음을 흘렸다.

그렇게 이야기를 나누다가 이현지는 가방에서 하얀 봉투를 꺼내 강윤에게 건넸다.

"이게 뭔가요?"

"초대장이에요."

"초대장?"

강윤이 열어보니 고급스러운 띠로 장식된 초대장이었다.

-귀하를 초대합니다.

문화체육관광부 주최 음악 엔터테인먼트 유력인사 초대 파티

일시 및 시간…….

"유력인사? 문체부에서 이런 파티를 하나요?"

강윤은 유력인사라는 문구에 의문이 들어 묻자 이현지가
파티에 대해 이야기했다.

"한류가 유행하면서 문체부에서 엔터테인먼트 관계자들과
의 관계를 공고히 하기 위해서 큰손들을 초대해요. MG, 윤
슬 등 큰 회사의 사장들은 다 올 거예요. 여기에 초대된 건
우리 회사도 큰 회사로 인정을 받은 거고 말이죠."

"이거, 안 갈 수가 없는 자리군요."

"네. 인정을 받은 거니까요. 여기에는 경영진 2명과 스타
1인이 함께 가죠. 간판스타 말이죠."

"흠. 이제 막 들어온 진서를 데려가기는 그렇고…… 누구
를 데려가야 할지……."

강윤은 턱에 손을 올리곤 누구를 데려가야 할지 고민하기
시작했다.

5화

그들이 만나다

이현지도 파티에 누구와 함께하면 좋을지 의견을 내놓았다.

"회사를 대표해서 나가는 자리인데, 그룹이라면 리더가 적합할 거라 생각해요. 민아나 현아 씨 같은…… 거기에 회사를 대표하는 솔로가수, 지민이나 재훈 씨를 포함하면 후보는 현아 씨, 민아, 지민이, 재훈 씨 네 사람으로 압축할 수 있겠네요. 진서도 있지만 우리 월드 소속으로 공식적인 활동을 한 적이 없으니 시기상조라고 생각해요."

강윤은 그녀의 의견을 듣고 고개를 끄덕였다.

"알겠습니다. 시간이 조금 있었다면 진서가 제일 나을 것이라 생각하지만…… 아쉽네요. 다른 애들도 말은 못 해도 서운해할 수도 있으니까요."

"그것도 그래요. 거기에 MG하고 쓸데없는 갈등을 야기할 수도 있고 말이죠. 그런데 그걸 생각하면 에디오스를 데려가도 그렇고……."

이현지의 말에 강윤은 고개를 흔들었다.

"그런 건 신경 쓰지 않기로 하지요. 이미 그들과는 돌아올 수 없는 강을 건넜으니까요. 애초에 그들의 잘못에서 비롯된 일이고, 저희는 최선을 다한 겁니다. 굳이 그쪽을 배려할 이유는 없다고 생각합니다."

"하하하. 그러네요."

이현지는 어깨를 으쓱이며 웃었다.

"사장님도 보면 저돌적인 면이 있어요."

"모든 남자들이 이런 면이 있을 겁니다. 아무튼 결론을 내 보면……."

강윤은 잠시 생각에 잠겼다가 의견을 내놓았다.

"전 민아가 제일 적합할 거라고 생각합니다."

"민아요? 전 지민이도 괜찮다고 생각해요. 아예 신인 때부터 키워왔던 가수를 데려가는 것도 괜찮지 않을까요?"

은하.

월드엔터테인먼트의 이름으로 데뷔하고, 지금까지 활동해 온 김지민이 더 적합하지 않을까? 이현지는 그렇게 생각하고 있었다.

하지만 강윤은 생각이 조금 달랐다.

"그것도 괜찮지만, 우리는 처음 나서는 자리입니다. 다른 회사에 비해 아직은 규모면에서 열세지요. 힘에서 밀리면 안 된다고 생각합니다. 지민이한테는 미안하지만 그런 면에서는 민아가 좀 더 힘이 있다고 생각합니다. 게다가 민아 개인적으로도 파티에서 유연하게 대처할 수 있을 거라고 생각하고 말이죠."

"따져보면 사장님이 만든 그룹에, 데뷔 연차에 여러 가지를 고려해 보면 제일 낫다, 이 말이지요?"

"맞습니다."

이현지도 잠시 생각하더니 강윤의 의견에 동의했다.

"알겠어요. 그럼 민아한테는 제가 말할까요?"

"아니오. 제가 말할 테니, 다른 준비를 부탁드립니다."

그렇게 두 사람이 정민아로 후보를 정했을 때, 희윤은 최찬양 교수가 들려주는 멜로디를 듣고 눈을 휘둥그레 뜨고 있었다.

"……우와. 이런 멜로디는 처음인데요? 완전 좋아!"

"희윤 씨는 여기서 어떻게 편곡을 하시겠어요?"

"원래 EDM 곡이라고 했었죠? 저는……."

최찬양 교수와 음악 이야기에 열을 올리는 동생의 모습에 강윤은 만족했는지 피식 웃었다.

일본 진출에 과정에서 예랑엔터테인먼트에게 예상치 못한 타격을 입은 윤슬엔터테인먼트는 발 빠르게 중국으로 눈을 돌렸다.

그 덕분에 중국에서도 손에 꼽히는 기획사인 ETM엔터테인먼트와 계약을 채결할 수 있었다.

그러나 순조로울 줄 알았던 중국 진출에도 예상치 못한 복병이 있었다.

[잠깐만요. 계약을 다시 생각해 보자니…… 장오위 이사님. 이건 이야기가 다르잖습니까.]

사무실에서 추만지 사장은 잘하지도 못하는 중국어로 통화하며 당황스러운 감정을 감추지 못했다.

하지만 전화 상대방도 침중한 목소리로 답하며 한숨짓고 있었다.

─저희도 난감하긴 마찬가지입니다. 하야스 백화점 측에서 보류한 것이니까요.

[하야스에서요? 무슨 이유 때문인지 알 수 있습니까?]

1주일 뒤, 다이아틴은 모델 촬영을 위해 중국으로 가기로 스케줄까지 다 빼놓았는데 이런 경우가 있는지.

추만지 사장은 감정을 추스르려 애썼지만, 심적인 부담이

만만치 않았다.

　─들려오는 말로는 WINCLE이라는 그룹과 다이아틴을 놓고 고민 중이라고 들었습니다.

　[잠깐, WINCLE? 거긴 예랑 아닙니까?]

　추만지 사장은 진심으로 당황했다.

　일본 사업만으로 바쁜 예랑이 중국에? 거기다 이제 신인인 WINCLE이 중국으로 진출한다니.

　아니, 그것보다 다이아틴과 그런 풋내 나는 신인이 경쟁한다는 것에 추만지 사장의 자존심에 금이 갔다.

　─그 WINCLE이라는 그룹이 상당히 좋은 조건을 내놓은 듯합니다. 금전적인 조건만이 아닌, 매우 적극적으로 나온 모양입니다. 하야스 백화점의 담당자가 그 WINCLE이라는 그룹의 진혜영이란 아이를 마음에 들어 했다는 말을 들었는데…… 더 자세한 건 알 수 없었어요.

　[……]

　─노파심에 드리는 말이지만, 우리도 준비를 철저히 했으면 하네요. 가수를 모델로 내보내는 일이다 보니 예산과 기획력을 굉장히 중시하는 것 같았습니다.

　통화를 마치고, 추만지 사장은 이마에 손을 올렸다.

　"강시명, 이놈은 남이 숟가락 올리고 있는 곳에 굳이……하여간 돈 냄새는 기가 막히게 맡는구먼. 이를 어쩐다……."

광고주의 마음을 사로잡는 일은 쉽지 않다.

회사부터 모델, 기타 모든 역량이 집중되어야 하니까.

창가를 바라보는 추만지 사장의 고심이 깊어져 갔다.

"……죄송합니다."

정현태 이사는 어깨를 움츠린 채, 리처드 앞에 고개를 숙였다.

민진서를 월드에 빼앗겨 버린 것 때문에 그는 오는 내내 불편했다.

"괜찮습니다."

그러나 정현태 이사의 생각과는 달리 백인 남성, 리처드의 어조에는 고저가 없었다.

"다만, 이사님에게 조금 실망했을……."

"죄송합니다!"

말이 끝나기가 무섭게, 정현태 이사의 입에서는 큰 소리가 터져 나왔다. 하지만 리처드의 매서운 말은 멈추지 않았다.

"뭇매를 맞는다는 것도, 대중의 시선을 끄는 힘이 있기 때문, 아닐까요? 그만큼 사람들이 관심이 있다는 이야기겠지요. 설사 관심이 떠난다고 해도 스폰이라도 하면 다시 뜰 수도 있고…….”

“그, 그건…….”

무서운 말이 지나갔지만, 리처드는 서늘한 미소를 지으며 말을 이어갔다.

“그런데 그런 가치 있는 스타를 그냥 흘려보냅니까. 실망입니다.”

“…….”

“……휴우.”

리처드는 길게 한숨을 쉬고는 자리에서 일어나 창가로 시선을 돌렸다.

“이번 파티에 초대받으셨지요?”

“네? 아, 네.”

“저도 같이 가지요.”

“지사장님도요? 아니, 그러실 필요까지야…….”

정현태 이사가 만류했지만, 리처드는 입꼬리를 올리며 고개를 흔들었다.

“궁금해졌거든요. 어떤 사람이 우리 앞을 막아서는지.”

♪ ♪♫♪ ♪♬ ♪♪

에디오스는 퇴원 이후 집으로 귀가했다.

이번 기회에 가족과 함께하라며 강윤이 한 배려였다. 덕분에 에일리 정과 크리스티 안은 미국으로 돌아갔고, 다른 멤버들도 각자 집으로 돌아가 가족을 만날 수 있었다.

"하아……."

하지만 텅 빈 숙소를 지키고 있는 이도 있었다.

"심심하네."

배웅해 주는 이가 없어서인지 오늘은 연습도 그리 나가고 싶지 않았다.

TV도 재미없었고, 컴퓨터에는 원래부터 취미도 없었다.

……그냥 의욕 없는 날이었다.

정민아는 그렇게 거실에 있는 소파에 몸을 뉘였다.

"……쳇. 인정머리 없는 년들."

어떻게 가족들 본다고 모두가 쪼르르 빠져 나갈 수 있는 건지.

하지만 이해는 갔다. 그런 일 겪으면 가장 먼저 떠오르는 건 가족일 테니.

"하아. 아저씨 보고 싶……."

딩동.

그때, 벨소리가 들려왔다.

"누구세요!"

택배 시킨 적도 없는데, 상념을 깨는 소리가 들려오자 순간 짜증이 확 올라왔다.

그런데 인터폰을 확인해보니 그토록 보고 싶던 그의 얼굴이 보이는 게 아닌가?!

짜증스런 감정이 환희로 바뀌는 건 순식간이었다.

'아싸……! 잠깐?!'

하지만 지금 그녀의 얼굴은 자연의 순수함을 유지한……쌩얼!

"잠깐만요!"

정민아는 서둘러 욕실로 달려가 플래시에 빙의해 씻고 철벅철벅 찍어 발랐다.

옷까지 순식간에 갈아입고는 현관문을 열었다.

"……문밖에 30분을 세워 두냐."

현관으로 들어서며 강윤은 어깨를 으쓱였다.

은은한 향이 나며 마치 대학 새내기 같은 인상의 정민아의 모습은 누구나 두근거릴 법한 매력이 있었다.

"……그러게 누가 연락도 없이 쳐들어 오냐."

좋은 감정과 다르게 그녀의 말은 비뚤어졌다.

강윤은 웃으며 그녀의 머리를 비비고는 자리에 앉았다.

에디오스 멤버들이 전원 휴가라 담당 매니저에게도 휴가가 주어진 상황, 그녀는 진짜 혼자였다.

"뭐하고 있었어?"

"……공부도 했고, 책도 보고……."

"거짓말하지 말고."

"……."

정민아는 순간 민망해져 헛기침을 했다.

"쳇. 쉬었어요. 쉬었어. 나라고 맨날 연습만 할 수도 없잖아요."

"그래, 잘했어. 애들 없으니까 심심하지?"

"뭐, 나쁘진…… 않아요."

강윤은 자기는 강하다는 걸 어필하려는 정민아의 모습에 피식 웃었다.

사실 그녀가 혼자 있는 게 염려되어 와봤다는 이야기는 굳이 하지 않았다. 누구보다도 외로움도 많이 타고, 강해 보이고 싶어 하는 사람이 정민아라는 것을 잘 알았으니까.

그는 그녀에게 여러 가지를 묻다가 초대장을 꺼냈다.

"이건……? 초대장이네요. 파티?"

"응. 이사님하고 나, 그리고 네가 회사를 대표해서 파티에 나갔으면 해서."

"회사를…… 대표해서요?"

정민아는 멍해졌는지 눈을 껌뻑였다.

자신이 회사를 대표해도 되는지 당황하는 눈치였다. 강윤은 거기에 부연설명을 덧붙였다.

"현재 우리 회사를 대표하는 연예인은 에디오스라고 할 수 있어. MG에서 이직해 왔지만 기획자는 나였고, 재기의 역사니 지금의 위치를 봐도 마찬가지. 그 리더인 네가 회사를 대표해서 파티에 가줬으면 해서."

"……정말 저로 괜찮을까요?"

정민아가 큰 눈을 껌뻑이며 묻자 강윤은 고개를 끄덕였다.

"물론. 부탁할게."

"으…… 떨린다. 제가 아저씨한테 필요한 거, 맞죠?"

"응? 아, 그…… 그렇지?"

조금 부담스러운 말이었지만 강윤은 선선히 답했다.

그러자 정민아의 얼굴에 활짝 웃음꽃이 피었다.

"좋아요. 기꺼이 얼굴마담을 해드리죠. 그런데……."

"그런데?"

정민아는 몸을 배배 꼬며 물었다.

"가서 춤도 춰야 하나요? 왈츠 같은 거?"

"……."

강윤은 어이가 없어 눈을 껌뻑였다.

문화체육관광부에서 주관하는 K-POP 파티.

강남에 위치한 5성급 호텔의 거대 라운지는 초대받은 인사들로 붐비기 시작했다.

"안녕하십니까."

"안녕하세요."

파티 성격에 맞게 K-POP이 흐르는 가운데, 각 인사들이 잔을 부딪치며 인사를 나누었다.

모두가 엔터테인먼트 업계에서 한 목소리 낸다는 사람들이었다.

그중에는 MG엔터테인먼트의 정현태 이사와 예랑엔터테인먼트의 강시명 사장도 있었고 윤슬엔터테인먼트의 추만지 사장도 있었다.

그들 옆에는 회사를 대표하는 연예인들이 함께하며 자리를 빛내고 있었다.

'후아암…… 지루해.'

정현태 이사 옆에 있던 주아는 지루한 사업 이야기가 언제 끝나는지 기다리며 하품을 하고 있었다.

미국에서 한창 바쁠 그녀였지만, 잠깐 시간을 냈다. 대신 이번 일만 끝나면 미국일이 끝날 때까진 절대 그녀를 미국에서 부르지 않겠다는 약속도 받았다.

강시명 사장을 따라온 'WINCLE'의 진혜영은 사람들 눈에 들기 위해 90도로 고개를 숙이며 인사를 다니느라 정신이 없었다.

'강윤 오빠도 온다더니, 아직인가?'

정현태 이사는 정말 재미없었다.

잘만 이야기하면 흥미가 넘칠 것 같은 사업 이야기도 어쩜 그렇게 늘어지게 말하는지…….

그때, 그녀의 흥미를 사로잡는 이가 있었다.

"주아 양."

"네? 아, 네."

그는 훤칠한 키의 백인, 리처드였다.

주아는 이 한국어가 유창한 백인에게 흥미가 갔다.

"하하하. 지루하지요?"

"지루요? 네. 많이요."

"하하하하하."

리처드는 주아와 잔을 부딪치며 말을 이어갔다.

"주아 양은 듣던 대로 솔직해서 좋네요."

"그런 말은 많이 듣는 편이에요. 그런데 리처드 씨라고 했나요? 이번에 많이 투자를 하셨다고……."

"그렇게 됐네요. MG면 튼튼한 기업이잖아요. 주아 양 같이 좋은 스타 분들도 많고. 사실…… 제가 가진 게 돈밖에 없거든요."

"풋."

주아는 순간 웃음을 터뜨렸다.

대놓고 돈을 자랑하는 경우는 정말 드물었기에.

"푸핫. 하하하. 리처드 씨. 하하하하."

"정말이에요. 통장 잔고 보여드릴까요?"

"하하하."

여유 있는 리처드의 모습이 주아의 호기심을 자극했다.

영국인 신사가 이런 느낌일까? 훤칠한 키에 특유의 여유.

주아의 경계심이 저도 모르게 조금씩 풀어지고 있었다.

그때, 입구가 웅성이며 사람들의 시선이 쏠리기 시작했다.

"에이. 이제 왔나 보네."

"누가 말인가요?"

리처드가 반문하자 주아는 씨익 웃으며 발걸음을 옮겼다.

"월드요. 즐거웠어요, 리처드 씨. 그럼 나중에 봬요."

주아가 총총 가버리자 리처드는 다시 서늘한 미소를 지었다.

"월드라…… 어디, 한번 만나볼까?"

그의 눈이 매처럼 번뜩이며 관계자들과 인사를 하고 있는 강윤에게로 향했다.

'음?'

정만수 장관과 손을 맞잡으며, 강윤은 이상한 시선을 느끼고는 눈을 돌렸다.

'누구지?'

누군가가 머리부터 발끝까지 훑는 듯한 시선.

강윤은 백인 남성에게서 이상한 기류를 느꼈다.

'……'

'……'

두 사람의 시선이 잠시 마주쳤다.

'이상한 사람이네.'

이전에 만난 적이 있나 기억을 더듬었지만, 딱히 떠오르는 사람이 없었다.

그때, 강윤의 어깨를 잡는 이가 있었다.

"오빠."

"연주아?"

강윤의 눈이 휘둥그레졌다.

미국에 있어야 할 주아가 아니던가? 지금쯤이면 한창 연습에 돌입해야 할 시기인데…….

그의 의문을 알았는지 주아는 한숨을 지었다.

"……잠깐 휴가 내서 왔어. 연습해야 하는데…… 이놈의 회사가 진짜. 아무튼 회사 간판이라고 피곤한 건 다 시킨다니까?"

"너도 힘들게 사는구나."

강윤은 고개를 흔들었다.

이해는 갔지만, 한편으로는 안쓰러웠다.

곧 강윤 일행은 장관을 비롯해 정부 관계자들과 인사를 나누고 행사장 안으로 들어갔다.

강윤 일행이 처음 참석하는 자리였지만 그들을 무시하는 이들은 없었다.

이번에 민진서까지 이적하며 소속사의 규모가 이전과는 비교도 할 수 없을 만큼 커졌다.

"이런 자리에 한류문화를 주도하시는 분들과 함께하게 되어 무척 반갑고 영광스럽게 생각합니다. 또한……."

정만수 장관의 지루한 연설이 이어진 후, 행사들이 하나둘씩 진행되었다.

그리 길지 않은 시간 동안 현재 한류문화가 얼마나 퍼져나갔고, 정부가 어떤 형태로 한류를 이끄는 연예인들을 지원할지에 대해 관계자들이 나서서 보고를 했다.

한국 문화원 등을 통한 지원 확대나 정부 차원에서 타국과 협상해 문화 사업에 대한 지분을 넓혀가는 등 정부도 여러 가지 방법으로 해외 진출을 돕겠다는 이야기가 주를 이루었다.

"……이상입니다. 혹시 질문 있으신 분 있으십니까?"

정차수 국장의 프레젠테이션이 끝났다.

그러나 굳이 손을 드는 이는 없었다.

이런 자리에서 튀는 행동을 해서 정부의 눈밖에 나봐야 좋을 것이 없다는 것이 모두의 계산이었다.

그때 한 사람이 손을 번쩍 들었다.

"질문 한 가지만 해도 되겠습니까?"

강윤이었다.

정차수 국장이 그에게 발언권을 주자 그는 차분히 발언을 시작했다.

"얼마 전에 중국에서 배우 민진서로 인해 한류에 대한 여론이 급격히 악화된 일이 있었습니다."

그의 발언에 직접적인 관련이 있는 정현태 이사를 비롯한 MG엔터테인먼트 사람들의 눈이 화등잔만 해졌다.

그뿐만 아니라 초대를 받은 몇몇 유명 기자들도 강윤의 발언에 흥미가 생겼는지 시선을 집중했다.

"알려진 원인은 민진서가 유명세를 믿고 작가의 작품을 보지도 않고 폐기했다고 알려졌기 때문입니다. 물론 민진서가 실제로 그렇게 행동하지는 않았습니다만 요점은 이게 아니고…… 아무튼 이번 민진서 일로 인해 중국에서 한류 배우에 대한 위상이 크게 하락했습니다. 기존에 진출했던 배우들뿐만 아니라 중국 시장을 노리던 배우들도 힘들어졌습니다. 중국의 관계를 중시하는 문화, 콴시를 무시했다는 인식이 퍼져 갔기 때문입니다."

강윤은 물을 한 모금 마시고는 말을 이어갔다.

"현재 이 상황은 진행 중입니다. 다행히 가요계는 사정이 나은 편이지만…… 제가 말씀드리고 싶은 것은 이 바닥은 이와 같이 작은 일 때문에 판도가 바뀌는 일이 흔하게 일어난다는 것입니다. 정부에서 한류열풍에 관심을 기울여 주시는 것은 무척 감사할 일입니다만…… 연예인이 이런 피해를 겪었을 때, 정부에서는 어떤 지원을 해주실 수 있는지에 대해 구체적으로 알고 싶습니다."

"……."

정차수 국장은 한순간에 꿀 먹은 벙어리가 되어버렸다.

말을 길게 늘어놓았지만, 강윤이 말한 것은 실질적인 지원책에 관한 것이었다.

한류 문화를 실질적으로 주도하는 연예인에 대한 지원책 말이다.

한참을 생각하던 정차수 국장은 힘겹게 운을 뗐다.

"일단은…… 민진서 양의 일은 유감이라고 생각합니다. 일단 이런 일이 일어나지 않도록 하는 게 우선이겠지요. 앞으로는 그런 일이 발생하지 않도록…… 않도록……."

하지만 쉽사리 입이 떨어지지 않았다.

생색을 내기 위해 구체적인 말보다 애매한 말들을 준비해 왔는데, 구체적인 정책을 묻다니…….

'아씁…… 미치겠네. 그렇다고 중국 언론까지 어쩔 순 없 잖아.'

그의 타는 속을 아는지 모르는지, 뒤에 있던 차관이나 장 관의 표정은 조금씩 썩어가고 있었다.

기다려도 답이 나오지 않자 강윤이 다시 입을 열었다.

"저희는 명확한 기준을 가진 정부, 의지할 수 있는 그런 정부가 뒤에서 든든히 버티고 있어주었으면 합니다. 민진서 의 일도 누군가는 이렇게 해석을 하더군요. 한류 배우의 파 이가 너무 커지다 보니 중국 정부에서 일부러 그렇게 여론을 몰아갔다고 말입니다."

"……허허."

"직접적인 증거가 없으니 짐작할 뿐이지만, 누가 가장 이 익을 얻었나를 생각해 보면 일리가 있는 말입니다. 당장 민 진서를 비롯해 한류 배우들의 빈자리를 중국 배우들이 꿰어 찼으니 말입니다. 그런데 여기서 힘 있는 정부 분들이 도와 주신다면 조금은 낫지 않았을까…… 죄송합니다. 저희 진서 일로 제가 너무 마음이 쓰려서…… 제가 너무 나갔네요."

침묵이 흘렀다.

강윤의 말은 모두의 마음을 진하게 울렸다.

사실, 여기 모두가 한류라는 것을 위해 개인적으로 싸웠지 든든한 배경을 업고 싸운 일은 없었다. 오히려 그 나라에 가면 이방인으로 시작해 갖은 수모를 겪는 일도 다반사였다.

"……저희도 신중하게 검토해 보겠습니다."

정차수 국장이 아닌, 뒤에 있던 정만수 장관이 진중한 목소리로 고개를 끄덕였다.

'월드엔터테인먼트, 이강윤. 허…… 보통 사람이 아니구나.'

엉덩이 무거운 사람들이 가볍게 한 말이 아니었다.

분명 저들도 움직일 것이다.

그들을 움직이게 만든 강윤을 지켜보는 리처드의 눈이 더더욱 서늘하게 빛났다.

발표가 끝나고, 다시 친목을 다지는 시간이 이어졌다.

강윤은 추만지 사장과 칵테일 잔으로 건배를 나누며 그동안의 근황을 나누었다.

"……그래도 민진서라면 재기할 겁니다."

"그렇게 말해주시니 감사합니다."

추만지 사장의 말에 강윤은 입가에 호선을 그렸다.

듣기 좋으라고 하는 말이 아니라, 그가 진심으로 하는 말이라는 걸 알았다.

"후후. 민진서 때문에 저 콧대 높은 놈들과도 맞다이를 뜨려는 사장님이 있는데, 안될 수가 있겠습니까?"

"아니, 맞다이라니요? 전 그저……."

"하하하. 압니다, 알아요. 크크. 아세요? 요즘 연습생들이 가장 들어가고 싶어 하는 소속사가 월드라는 거?"

강윤은 어깨를 으쓱였다.

그러고 보니 요즘 홈페이지가 지망생들이 보내온 동영상들로 정신을 못 차리고 있었다.

"혹시라도 저희 연습생 애들이 월드로 가면 쫓아 보내주십시오. 하하하."

"에이, 사장님도."

"다른 사람은 몰라도 이 사장님하고는 비교당하기 싫거든요. 괜히 위축될 것 같네요."

강윤은 웃으며 추만지 사장과 건배를 했다.

그들이 이야기를 나누고 있을 때, 그들 옆에 다이아틴의 비주얼을 담당하는 주예아가 양손에 초콜릿 타르트를 가득 들고 행복한 미소를 짓고 있었다.

"……예아야. 너 그렇게 먹으면 배 나온다?"

"히잉……."

주예아는 초콜릿 타르트를 내려놓지 못하며 울상을 지었지만, 추만지 사장은 엄포를 놓았다.

"이번에 모델 촬영도 해야 하잖아. 네가 센터인데 배 볼록 나와서……."

"으으으…… 내일부터 다이어트하면 안 돼요? 네? 네? 아잉. 사장니님. 응?"

애교로 어필했지만, 추만지 사장은 콧방귀를 끼었다.

"빨리 내려놔."

"……쳇."

그녀는 결국 얼굴을 구기며 함께 가져온 양배추를 입에 넣었다.

그 모습이 안쓰러웠는지 강윤은 쓴 웃음을 지었다.

"예아야. 힘내."

"흑흑. 고마워요, 작곡가님. 우리 사장님은 악덕이에요, 악덕."

"뭐야?"

"히익!"

주예아는 접시를 들고 부사장에게로 도망가 버렸다.

"하여간 비주얼이라는 애들은 얼굴값을 한다니까. 현정이 정도만 착하면 얼마나 좋을까 싶어요."

그러자 강윤이 고개를 흔들며 답했다.

"모두가 착하면 무슨 재미가 있겠습니까. 예아같이 통통 튀는 애들 덕분에 다이아틴이 매력 있는 그룹이 되는 것 아니겠습니까?"

"하하. 그건 그렇군요. 아, 사장님. 나 부탁 하나만 해도 될까요?"

"부탁이요?"

추만지 사장은 강윤에게 성큼 다가와 조근히 말했다.

"이번 다이아틴의 중국 진출에 조금 문제가 생겼습니다."

"문제요?"

"조금 도움을 받아야 할 것 같습니다. 괜찮으시다면 나중에 회사로 한번 찾아봬도 될까요?"

강윤은 선선히 고개를 끄덕였다.

"언제든지 오십시오."

"감사합니다."

추만지 사장은 다시 한 걸음 물러났다.

그러자마자 약속이라도 한 듯, 예랑엔터테인먼트의 강시명 사장과 MG엔터테인먼트의 정현태 이사가 그들에게 다가왔다. 그들 뒤에는 훤칠한 키의 백인이 함께하고 있었다.

"반갑습니다, 강 사장님."

"추 사장님, 이 사장님. 오랜만입니다."

강시명 사장은 추만지 사장과 강윤의 손을 맞잡으며 반갑다며 안색을 폈다.

속마음과는 다르게…….

정현태 이사도 마찬가지였다.

"두 사람 다 오랜만입니다. 특히 이 팀장, 아니. 이젠 사장이군."

"그렇군요. 오랜만입니다."

좋은 감정이 있을 리 없는 정현태 이사와 강윤 사이에도 날 선 기류가 흘렀다.

간단한 근황을 묻는데도 서로에 대한 탐색에 날 선 칼날이 오갔다.

'어디, 한번 볼까?'

리처드의 눈이 강윤에게로 향했다.

"문희 언니. 오늘은 여기까지 할까요?"

희윤은 지친 기색으로 부스에서 나오는 인문희에게 조근한 어조로 물었다.

그러나 인문희는 괜찮다며 고개를 흔들었다.

"아니요. 괜찮아요. 1시간만 더 하고 갈게요."

"알았어요. 그럼……."

희윤은 음악공책을 덮으며 기지개를 폈다.

인문희의 노래를 들으며 떠올린 악상만 수십 개.

하지만 아직까지 쓸 만한 악상은 없었다.

인문희가 화장실에 다녀오겠다며 스튜디오를 비우자 희윤

은 어깨를 늘어뜨리며 책상 위에 엎드렸다.

"트로트가 제일 어려워…… 쉬운 멜로디가 문제가 아니야. 감정을 어떻게 효과적으로 옮길지가 포인트인데……."

희윤은 쉽게 떠오르지 않는 악상에 고개를 세차게 흔들었다.

강윤이 왜 계속 인문희의 목소리를 들어보라고 했는지 이유를 알 것 같았다.

인문희의 실력도 발군인데다 거기에 딱 들어맞는 노래를 주려니…….

그녀가 한창 고민에 빠져 있을 때, 스튜디오의 문이 조심스럽게 열렸다.

"어? 현아 언니."

"바쁜 거 아니지?"

문을 열고 들어온 이는 이현아였다.

희윤은 그녀에게 옆에 앉으라며 자리를 마련해 주었다.

"잠깐 상의할 게 있어서."

이현아는 꾸깃꾸깃한 종이 한 장을 꺼내 보여주었다. 지난번에 몇 번이나 보여주었던 그 곡이었다.

그녀의 스타일이라는 것을 아는 희윤은 그녀의 악보를 보면대 위에 올렸다.

"그럼 해볼게요."

희윤은 이현아의 곡을 천천히 연주하기 시작했다.

잔잔한 멜로디가 스튜디오를 천천히 울리기 시작했다.

'느낌 괜찮은데?'

지금까지의 이현아가 만든 곡들과는 판이하게 다른 느낌에 희윤의 눈이 휘둥그레졌다.

월드엔터테인먼트와 MG엔터테인먼트 관계자들이 이야기를 나누는 곳은 순식간에 이목을 집중시켰다.

월드에서 MG 소속이었던 에디오스와 민진서를 데리고 갔고, 그 본인과 이사도 MG 출신. 그런데 소문도 심상치 않다.

말 만들기 좋아하는 이들이 가만히 있을 이유가 없었다.

"자네의 성장한 모습을 보니 참 보기 좋군."

정현태 이사는 강윤과 잔을 부딪치며 입가에 호선을 그렸다.

"감사합니다."

"민아도 오랜만에 보니까, 좋아 보이는군. 월드에서 잘 지내는 것 같아 보기 좋아."

강윤 옆에 다가온 정민아도 예의바르게 고개를 숙여 인사했다.

"감사합니다, 이사님."

"그래그래. 민아야. 요새도 담배 태우고 그러진 않지?"

순간적으로 라이트훅이 들어왔다.

정민아의 눈이 표독스러워질 찰나, 강윤이 나섰다.

"하하하, 이사님. 연습생 때, 철없던 시절 이야기입니다. 가수가 되고 나서는 아예 손도 대지 않았던 걸 말이지요."

주변에 몰려든 사람들이 민감하게 반응했다.

정민아도 사람들의 시선에 아무렇지도 않은 반응을 보이고 있었지만 속으로는 열이 올라오고 있었다.

"그랬던가? 담배라는 건, 쉽게 끊기 어려운 거란 말이지. 1년, 2년 끊었다고 안심할 수 있는 게 아니라서 말이야. 그냥 민아가 걱정돼서 꺼내본 이야기였어. 마음에 담아두지 말라고."

정민아는 기가 막혔다.

그렇다면 이 자리에서 굳이 꺼낼 이유가 없지 않은가.

'아······.'

정민아는 손에서 느껴지는 따스한 체온에 강윤을 올려다보았다.

강윤이 그녀의 손을 따스하게 감싼 것이다.

든든한 무언가에 보호받는 기분이 이런 걸까? 그녀는 든

든함에 마음이 편안해졌다.

강윤은 그녀의 손을 잡은 채로 말을 이어갔다.

"소속사를 나간 연예인도 그렇게 걱정해 주시니 넓은 마음에 감사할 뿐입니다, 이사님."

"그렇게 금칠을 하지 않아도 된다네. 부끄럽게시리."

정현태 이사가 여유 있는 미소를 흘릴 때, 강윤도 마주 웃었다.

"하하, 아닙니다. 그런 마음 씀씀이는 존경받아 마땅하지요. MG에 있던 에디오스나 진서나 이사님의 넓은 마음에 항상 감사하고 있습니다. 비록 재계약은 하지 못했지만 막바지에 회사에서 지원을……."

"자, 잠깐. 그, 그만!"

정현태 이사는 저도 모르게 외치고 말았다.

'아차!'

강윤도 스트레이트로 민감한 문제를 들고 나왔다.

'지금 누굴 건드리는 거야?'

해볼 테면 한번 해보자.

그의 마음속에도 불꽃이 튀고 있었다.

에디오스나 민진서의 뒷이야기가 나온다면 MG에서 불리할 건 자명한 일이었다. 이런 자리에서 구설수에 올라봐야 좋을 게 없었다.

'……정 이사로는 힘들겠어.'

쩔쩔매는 정현태 이사의 모습을 보며 리처드는 정현태 이사 앞에 나섰다.

"정 이사님도 참. 저 계속 기다리고 있었습니다."

"네? 아, 네, 지사장님."

정현태 이사는 리처드의 의도가 무엇인지 몰라 눈을 껌뻑였다.

원래 오늘은 조용히 뒤에 물러나 있기로 했었는데 이렇게 앞으로 나서다니…… 생각도 못 한 일이었다.

하지만 안하무인인 그라도 눈치는 있었다.

리처드는 연신 웃으며 정현태 이사를 재촉했다.

"하하하. 오랜만에 옛 인연을 보니 많이 반가우셨나 봅니다. 저도 소개해 주시지 않겠습니까?"

정현태 이사를 밀어붙이던 흐름이 리처드로 인해 끊겼다.

그 자리에 있던 강윤도, 이현지도 칼 같은 타이밍에 속삭였다.

'저 사람도 보통 사람은 아닌 것 같네요.'

'제 생각도 그렇습니다.'

두 사람이 소곤거릴 때, 정현태 이사가 목소리를 가다듬고는 리처드를 소개해 주었다.

"이분은 리처드 트락손이라고 현재 우리 회사의 최대 투자자야. 지사장님. 이쪽은…….”

정현태 이사의 소개에 강윤과 이현지는 리처드와 손을 잡으며 인사를 나누었다.

“안녕하십니까. 이강윤입니다.”

“반갑습니다. 리처드라고 합니다. 말씀 많이 들었습니다. MG와 월드가 여러 가지로 얽혀 있다지만…… 이해관계를 떠나 꼭 한번 만나 뵙고 싶었습니다.”

리처드는 그윽한 눈웃음을 지었다.

그러나 서글서글한 눈매 속에 서늘한 기운이 어려 있었다.

그걸 아는지 모르는지, 강윤은 웃으며 화답했다.

“한국말이 유창하시네요. MG와 월드가 비록 생각하는 바는 다르지만, 서로 좋은 인연이 되었으면 합니다.”

“나름 열심히 배웠습니다. 우리 서로 잘해봅시다. 나중에 따로 자리 한번 마련하지요.”

웃음이 오가는 시간이었지만, 서로 간에 불꽃이 튀었다.

그에게서 돌아서며 두 사람은 리처드에게서 받은 강한 인상을 이야기했다.

“리처드라는 사람, 싸한 기운이 느껴지네요. 개인적으로 무서워요.”

이현지의 말에 강윤도 동의했다.

“저도 같은 생각입니다. 웃음 속에 뭔가를 숨긴 사람이라는 인상을 받았습니다."

"MG의 투자자라서 저희가 선입견을 가진 건지도 모르겠지만…… 확실한 건 결코 쉽지 않은 사람인 것 같네요. 정현태 이사는 속이 훤히 들여다보여서 상대하기 쉬웠지만, 저 리처드라는 사람은 속내를 보이지 않으니…… 확실히 주의해야 할 것 같아요. 투자자라니, 무슨 생각인지도 알 수 없고……."

강윤은 그녀의 말에 고개를 끄덕였다.

이후에도 파티는 계속되었다.

이현지와 강윤은 각자 활동하며 인맥을 쌓았다.

파티에 모인 많은 사람들이 강윤과 이야기를 나누길 원했고, 강윤은 자신에게 모이는 사람을 거부하지 않았다. 덕분에 여러 가지 정보를 얻을 수 있었고 연락처도 많이 받을 수 있었다.

그러다가 강윤은 한쪽에서 잔을 기울이고 있는 강시명 사장을 발견했다.

그는 특이하게도 간판스타 크렌벅스의 멤버와 함께 온 것이 아니라 신인 걸그룹 WINCLE 비주얼을 담당하는 진혜영을 데리고 왔다.

"오, 이 사장님. 오랜만입니다."

강시명 사장은 강윤에게 미소를 지으며 오른손을 내밀었다.

아무리 눈에 들어간 가시 같은 이라도 티를 낼 이유는 없으니.

그의 옆에서 풀 종류를 깨작대던 진혜영도 강윤에게 90도로 고개를 숙였다.

강윤도 웃으며 화답하고는, 최근 모두에게 화두인 중국에 대한 이야기를 꺼냈다.

"중국에 가신다는 이야기를 들었습니다."

"허허. 소식이 빠르십니다. 요새 약간 빠르게 움직이고 있지요. 아, 월드에서는 중국에 관한 계획이 있으신지요?"

강시명 사장의 웃는 눈이 번들거렸다.

추만지 사장만 해도 그에겐 강력한 경쟁상대다. 그런데 여기에 이강윤이 끼면…….

다행히 강윤은 고개를 흔들었다.

"생각이 없다면 거짓말이지만, 아직은 모르겠네요. 흠……."

"지금은 계획이 없으신 건가요? 지금이 최적기라고 판단되는데……."

물론 떠보는 말이었다.

강윤은 입가에 미소를 띠며 답했다.

"아무리 최적기라도 준비 없이 뛰어들면 최악기가 되겠지요."

"하하하. 이거, 한수 배웠습니다."

당분간 중국 진출에 대한 계획은 없다.

강시명 사장은 기뻐하며 강윤과 잔을 부딪혀갔다.

'이젠 윤슬만 밀어내면 되는군. 흐흐.'

MG에서도 당분간 가수 진출 계획은 없다 들었다.

다이아틴만 밀어내면 거대한 중국 시장을 독식할 수도 있다는 말과 일맥상통했다.

강시명 사장이 꿈을 꾸고 있을 때, 강윤의 시선이 주아와 정민아가 있던 구석으로 향했다.

그런데 그곳이 심상치 않았다.

"헤헤헤헤헤. 언니야아."

"얘, 얘가 왜 이래. 야."

검은 드레스를 입은 여자가 하얀 드레스를 입은 여자에게 계속 안기려는 모습이 강윤의 눈에 들어왔다.

'쟤들이?'

얼굴이 살짝 붉어진 정민아는 주아에게 안기려 들고, 주아는 질색팔색하며 그녀를 어떻게든 떼어 놓으려 하고 있었다.

필시, 술이 사단을 만든 것이 분명했다.

그는 강시명 사장에게 양해를 구하고는 서둘러 그곳으로 향했다.

"주아야, 민아야. 둘이 뭐……."

"오빠. 잘 왔어. 얘, 지금 완전…….."

"어라아? 아찌, 내가 좋아하는 아찌다."

강윤을 보자마자 주아에게 안겨있던 정민아는 강윤의 품으로 뛰어들었다.

그는 이도 저도 못하는 상황에 당혹감을 감추지 못했다.

"민아야. 왜 그래? 취했어?"

"취해애? 아니이. 나 완저언 멀쩡해요. 히히히. 케헤헤."

주아는 흑역사를 만들고 있었다. 보는 눈도 많은 현장에서 말이다.

아직까지 그들을 본 사람들이 많지는 않았지만, 강윤은 걱정스러웠다.

강윤은 멀지 않은 곳에 있던 이현지를 서둘러 불렀다.

그녀는 강윤의 모습에 놀라 급히 달려왔다.

"아무래도 제가 민아를 데리고 먼저 가봐야 할 것 같습니다. 혹여나 이 일에 대해 뒷말이 나오지 않도록 수습을 부탁드립니다."

강윤의 요청에 이현지는 고개를 끄덕였다.

"알겠어요. 그런데 여기 도수 높은 술도 없는데, 코알라가 됐네요. 아니, 판다가 나을까? 풋."

절대 놓지 않겠다는 듯, 손에 깍지까지 낀 정민아의 모습에 이현지도 웃음을 참지 못하며 풋 소리를 냈다.

주아와 이현지가 입을 가리며 웃음을 흘릴 때, 강윤은 울상이었다.

　"민아야, 민아야. 일단 이거부터 풀고……."

　"헤헤헤헤헤헤. 완전 좋으다. 내가 좋아하는 아찌."

　"……."

　강윤이 진땀을 흘리는 모습을 보니 주아는 배를 잡고 구를 기세였다.

　"큭큭. 아이고, 아이고 배야. 아, 나 죽네. 아이고."

　강윤은 짧게 한숨을 쉬고는 정민아를 안아 들었다. 이른바, 공주님 안기였다.

　"오올. 오빠, 힘 좀 쓰는데?"

　주아가 강윤에게 엄지손가락을 번쩍 들며 장난을 쳤다.

　"강윤 오빠."

　"왜?"

　"사고 치면 안 된다?"

　"……야."

　강윤은 가볍게 얼굴을 구기고는 서둘러 주차장으로 향했다.

　몇몇 사람들이 놀라 강윤이 나간 방향을 바라보자 이현지가 바로 그들에게 다가가 말을 걸기 시작했다.

금천구 디지털 단지의 한 빌딩에 위치한 파인스톡은 날로 그 규모를 늘려가고 있었다.

이용자가 갈수록 늘어가면서 사무실도 이제는 3층 규모로 넓히는 등 회사는 점차 커지고 있었다.

이런 상황에서 파인스톡은 더 큰 도약을 위해 음악 서비스에 총력을 기울이고 있었다.

"마지막에 발목을 잡히네요."

사무실에서 하세연 사장은 보고를 받으며 이마를 부여잡았다.

보고서에 나와 있는 타 업체들과의 관계 악화에 대한 내용은 그녀의 표정을 어둡게 만들었다.

음악 서비스 업무를 책임지는 전형택 부장도 가라앉은 어조로 보고를 이어갔다.

"기존에 있던 음원유통사, 그러니까 통신사들이 심하게 반대를 하고 있습니다. 파인스톡 음원사이트에 음악을 제공하면 모두가 플랫폼을 제공하지 않겠다고 나서고 있습니다."

"그거 담합 아닌가요? 소송으로 가면…… 아."

격한 감정이 일었다가, 그녀는 곧 속을 가라앉혔다.

소송은 무척 긴 싸움이다. 파인스톡이 점점 커지고 있기는 하지만 아직은 거대 기업들과 정면으로 전쟁을 하기에는 역부족이었다.

"다른 음원사이트처럼 40%가 넘는 비율을 가져온다면 차별성이 없어서 힘들고…… 결국 마지막에도 분배 문제가 발목을 잡네요. 알겠습니다. 일단 월드와 이야기를 해봐야겠네요, 전 부장은 하던 일을 계속해 주세요."

"알겠습니다. 일단 개발팀에게는 계획대로 프로그램 개발을 진행하라고 말해두겠습니다."

"그렇게 해주세요."

전형택 부장이 나간 후, 하세연 사장은 의자에 깊이 몸을 묻었다.

"그놈의 음악이 뭔지…… 역시, 기존 판을 갈아엎는 일이 만만치 않네."

그녀의 한숨이 사장실을 가득 메워갔다.

시간과의 전쟁을 벌이는 로드 매니저 시절에도 강윤은 과속을 하는 일이 거의 없었다.

애초에 속력을 내야 할 일을 만들지 않았고, 그럴 일이 생기면 빠른 길을 찾으려 애를 썼다. 연예인의 안전과 시간, 모두를 준수하기 위해 강윤은 여러모로 노력을 아끼지 않았다.

덕분에 그의 운전 습관은 신사라 해도 과언이 아니었다.

그러나 오늘은 예외였다.

우우우우웅!

"헤헤헤헤헤헤! 달려, 달려어~~ 사랑해요~ 사랑해요~ 우리 사장니임~ 싸랑해요오~~"

"으으……."

강윤은 귀를 찌르는 듯한 고성방가를 간신히 참으며 액셀러레이터를 세차게 밟았다.

내비게이션이 속력을 줄이라고 경고를 보냈지만 강윤은 모조리 무시하고는 속력을 올려갔다.

"우리 아저씨, 아이구, 이쁘다. 이쁘다……."

"민아야! 지금 운전하잖아!"

"아잉~ 나란히 좋은 곳에 가지요. 뭐 어때요오~"

무시무시한 말을 하며 뒷좌석의 정민아는 어떻게든 강윤을 안으려고 애를 썼다.

체력이 좋은 건지, 잠도 오지 않는지 그녀의 풀린 눈은 전혀 감길 기미가 없었다.

덕분에 강윤은 거리에 몇 번이나 차를 세우고는 그녀를 떼어놓아야 했다.

"헤헤헤헤."

"하아……."

마치 아이처럼, 정민아는 강윤에게서 떨어지려 하지 않았다.

옅은 술 냄새와 함께 샴푸향이 그의 후각을 자극했지만, 진땀을 흘리는 그에겐 다른 세상의 이야기였다.

그래도 고생의 끝은 있었다.

2시간을 넘게 정민아와 씨름한 끝에 강윤은 숙소에 도착할 수 있었다.

"민아야, 내리자."

"헤헤헤헤헤."

정민아는 풀린 눈으로 강윤에게 폴싹 안겨들었다.

"맘대로 해라, 맘대로……."

강윤은 정민아를 부축하고, 강윤은 숙소 안으로 들어섰다.

"웃차!"

간신히 정민아의 방까지 들어선 강윤은 그녀를 짐짝같이 휙 던져 버렸다.

애를 먹인 감정을 담아서.

거짓말같이 침대에 눕자마자 그녀는 드르렁 소리를 내며 잠이 들어버렸다.

강윤은 어깨를 늘어뜨리곤 거실로 나와 소파에 몸을 묻었다.

"후우, 하필이면 이럴 때 아무도 없냐."

이마에 흥건한 땀을 닦으며 강윤은 한숨을 쉬었다.

가는 날이 장날이라고, 이런 날 숙소에 아무도 없다니…….

"크우우으으."

방 안에서 나는 거대한 숨소리에 강윤은 헛웃음을 흘렸다.

"술이 사람을 이상하게 만드는군. 대체 뭘 먹은 거야. 어휴…….."

정민아가 술을 못 마시는 것도 아니었다.

게다가 오늘 중요한 자리인 걸 알아서 관리도 철저히 할 녀석인데 이런 해프닝을 만든 이유가 대체 뭔지…….

여러 가지를 생각하던 강윤의 눈에 에디오스의 빈 숙소가 눈에 들어왔다.

"아무도 없어서 그런가. 썰렁하군."

항상 북적이던 에디오스의 숙소였지만 교통사고 이후 집에서 휴식을 취하고 오라며 휴가를 주었기에 지금은 비어 있었다.

강윤은 부엌으로 가서 냉장고를 열어보았다.

"……반찬은 조금 있네. 한 끼는 차릴 수 있을라나."

강윤의 눈이 다시 정민아의 숨소리가 들려오는 방으로 향했다.

'이 넓은 곳에서 혼자 있으려니…… 힘들 만도 하지.'

물론 오늘의 실수가 덮어지는 건 아니지만 이건 별개의 일.

몇 가지 생각을 떠올린 강윤은 핸드폰을 꺼냈다.

"……희윤이 신세를 져야겠네."

다음 날.

커튼 사이로 비치는 햇살이 눈가를 간질이자 정민아는 눈을 움찔하며 힘겹게 눈을 떴다.

"우으으……."

몸을 일으키니 조금 머리가 아파왔다.

"어제 주아 언니하고 술 먹던 것까진 기억이 나는데…… 파티는 잘 끝났나? 어?"

그녀가 애써 어제의 기억을 떠올리는데, 문밖에서 도마와 칼이 부딪히는 소리가 들려왔다.

오늘은 숙소 봐주는 아주머니가 오는 날도 아닌데, 정민아는 눈을 비비며 조심스럽게 거실 문을 열었다.

그런데 부엌에 전혀 의외의 인물이 있었다.

"희윤 언니?"

"이제 일어났어?"

정민아의 눈이 휘둥그레졌지만, 앞치마를 한 희윤은 아무렇지도 않은 표정으로 양파를 비롯한 야채를 썰어나갔다.

"언니, 아침부터 어떻게 된 거예요?"

"글쎄. 먼저 씻고 올래? 아침 차려 놓을 테니까."

희윤은 정민아에게 된장찌개를 비롯한 아침을 거하게 차려주었다.

제대로 된 집밥을 먹기 힘든 정민아의 눈이 감동으로 물들어갔다.

"언니이…… 아침부터 감동이에요. 완전 짱."

정민아는 정신없이 수저를 들었다.

된장찌개의 구수함과 집에서 들고 온 듯한 장조림까지.

그녀는 행복했다.

"언니. 한 그릇 더요."

정민아는 말 한마디 없이 그릇을 비워나갔다.

잠시 후.

배가 가득 찬 그녀는 행복한 미소를 지었다.

"후아. 잘 먹었습니다! 언니, 감사합니다."

"아니야. 자, 그릇 줘."

"네? 아니에요. 설거지는 제가……."

정민아는 설거지를 하겠다며 나섰지만, 희윤은 거실 테이블을 가리키며 말했다.

"저기 거실에 노트북 있지? 거기에 영상 하나 있을 거야."

"영상이요? 영상을 왜요?"

"그거 보고 바로 우리 오빠한테 가봐."

어제 삭제된 기억 때문에 뭔가 꺼림칙했던 정민아는 고개를 끄덕이고는 거실로 향했다.

과연 거실에는 보지 못했던 노트북 한 대가 있었다.

"이건가?"

그녀는 '정민아 영상'이라는 바탕화면에 있던 파일을 실행시켰다.

그러자 영상에서 운전을 하는 강윤에게서 떨어질 생각을 않는 자신의 모습이 재생되기 시작했다.

'뭐, 뭐, 뭐…… 뭐야 이건?!'

정민아의 눈이 경악으로 물들었다.

알아들을 수 없는 말들을 늘어놓으며, 강윤에게서 떨어지지 않는 꼴사나운 자신의 모습이 저 영상에 있었다.

'나, 어제 실수…… 한 거야?!'

하늘이 노랗게 보였다.

회사를 대표해서 나간 자리였는데 대체 무슨 짓을 한 거야!

정민아는 서둘러 외출 준비를 마치고는 월드엔터테인먼트로 향했다.

사무실에 도착하니 이현지에게서 강윤이 옥상에 있다는 말을 듣고, 정민아는 바로 계단을 뛰어 올라갔다.

"아, 아저씨!"

문을 벌커덕 연 그녀는 옥상 아래를 내려다보는 강윤을 크게 불렀다.

강윤이 덤덤한 표정으로 자신에게 손짓했고, 그녀는 주춤거리는 걸음걸이로 그에게 다가갔다.

그의 앞에 서자마자, 그녀는 바로 고개를 숙였다.

"죄송해요! 저 때문에 중요한 자리에서……."

필시, 자신 때문에 중요한 자리를 망친 것이 분명했다.

술, 술! 이놈의 술이 웬수지!

그러자 강윤은 짧게 한숨을 쉬며 입을 열었다.

"……그래. 죄송할 만했다."

"……."

"어제 얼마나 마신 거야?"

"그냥 칵테일 4잔 마신 게 전부인데…… 지, 진짜예요."

"어떤 술?"

그러자 정민아는 속삭이는 듯한 목소리로 말했다.

"그…… 블루…… 뭐랬지. 보석이었는데…… 너무 맛있어서 그만…… 헤헤."

정민아가 민망했는지 혀를 빼꼼히 내밀자 강윤은 실소를 머금었다.

"블루 사파이어? 어제 나온 술들은 하나같이 비싼 술들이었는데. 도수가 꽤 높았던 걸로 아는데……."

"그래서 그런가…… 기분이 좋아지는가 싶더니 필름이 끊기더라고요."

"……."

강윤은 짧게 한숨을 내쉬었다.

다행히 어제 이현지가 뒷말이 나오지 않도록 파티를 잘 마무리했다. 만약 정민아가 실수라도 했으면 어찌 되었을까?

강윤은 정민아와 눈을 마주했다.

"민아야. 별일은 없었지만 어제 같은 일은 실수야. 그렇지?"

"……네. 반성하고 있어요."

정민아가 시무룩해졌지만 강윤은 고개를 흔들며 말을 이어갔다.

"다행히 별일은 없었지만, 앞으로는 이런 일이 없도록 하자. 회사를 대표해서 나간 자리였잖아. 무게를 알아줬으면 해."

"……네. 죄송합니다."

"그래. 이 정도면 되겠네. 끝."

강윤은 잔소리를 더 이어가지 않았다.

정민아라면 같은 실수를 하지 않으리라는 믿음이 있기 때문이었다.

그는 웃으며 화제를 바꿨다.

"아침 맛있었어?"

"네? 네. 희윤 언니 손맛이 최고였어요."

"나중에 집에 밥 먹으러 와. 숙소에 혼자 있으려면 심심할 테니까."

"……네."

정민아는 강윤의 이런 배려에 민망함과 미안한 감정을 담아 고개를 숙였다.

실수를 더 큰 것으로 감싸 안아주는 이런 모습이 마음을 뒤흔드는 줄, 그는 알까?

자신의 머리에 느껴지는 손길에 그녀는 입가에 호선을 그렸다.

6화
의문의 뒤통수 어택

"······알겠어요. 영업 승인을 얻는 것이 어렵다, 이 말이
지요?"

이현지는 핸드폰을 목과 어깨 사이에 끼며 키보드에 손을
올리고 있었다. 그리고 눈짓으로 정혜진과 유정민에게 벽 쪽
의 책꽂이를 가리키며 지시를 내리는 진기명기를 발휘했다.

어떤 걸 가져와야 하는지 헤매던 유정민과는 달리 정혜진
은 정확하게 이현지가 원하는 서류를 가져다주었다.

유정민은 신기했는지 눈을 빛냈다.

"선배, 이사님이 저 서류를 원하시는 걸 어떻게 아셨어요?"

나이 많은 후배 앞에서 콧대가 높아진 정혜진은 어깨를 펴
며 답했다.

"……있다 보면 다 돼요."

"전 업무가 익숙하지 않은 걸까요. 이사님이 저렇게 말씀하시면 모르겠던데……."

유정민이 울상을 지을 때, 뒤에서 한 남성의 목소리가 들려왔다.

"이사님이 어떤 일을 하는 지 생각해 보면 짐작할 수 있지 않을까요?"

"사장님."

옥상에서 내려온 강윤이었다.

환기한다고 문을 열어놓아 인기척이 잘 들리지 않은 것이 화근이라면 화근이었다.

강윤은 웃으며 말을 이어갔다.

"혜진 씨도 이사님하고 손발을 맞추는 게 쉽지는 않았어요. 처음에는 다 어려운 겁니다. 정민 씨도 지금 잘하고 있으니까 나중에는 더 좋아질 겁니다."

두 사람을 격려한 강윤은 통화를 마친 이현지에게로 걸어갔다.

그녀는 강윤을 봐서 잘됐다는 듯, 통화한 내용을 이야기했다.

"파인스톡에서 연락이 왔어요. 사업 허가를 얻는 게 쉽지 않을 것 같다고 이야기하는군요."

"예상은 했지만⋯⋯. 역시 기존 진출사들 때문인 것 같습니다."

"아무래도 그런 것 같아요."

이현지는 짧게 한숨을 쉬고는 말을 이어갔다.

"독과점인 시장에 새롭게 진출해 사업을 한다는 것이 쉽진 않겠죠. 하세연 사장도 긴 싸움을 각오했더군요."

"조만간 만나봐야겠습니다. 요즘 생각하던 것도 있으니 대화를 나누다 보면 좋은 수가 나올 것이라고 생각합니다."

이야기를 마치고 강윤은 자신의 자리로 돌아가 컴퓨터를 켰다.

강윤은 김재훈의 콘서트에 대한 이익결산을 하다가 이현지에게로 고개를 돌렸다.

"이사님. 우리도 슬슬 인트라넷을 구축하는 것이 어떻겠습니까?"

"인트라넷이요?"

이현지는 강윤의 말에 의문이 들었는지 고개를 갸웃거렸다.

"인트라넷에 들일 돈이면 차라리 앨범이나 연습생에 더 투자하는 게 낫지 않겠어요? 아직은 인트라넷이 필요할 만큼 규모가 큰 것도 아니고⋯⋯ 인트라넷이 있는 곳은 MG가 유일하다는 것도 아시잖아요. 꼭 필요한 건 아니라고 봐요."

강윤의 말에 잘 반대하지 않는 그녀였지만, 이번에는 의문이 들었다.

하지만 강윤은 차분히 의견을 이야기했다.

"당장은 필요 없을지 모릅니다. 하지만 지금 인트라넷을 갖추어 놓으면 나중에 규모가 더 커졌을 때, 효율성을 높일 수 있습니다. 게다가 우리는 민진서를 시작으로 연기 쪽으로도 폭을 넓혀갈 것이니 2년 뒤를 생각해도 인트라넷은 필수라고 생각합니다."

"2년 뒤라……."

이현지는 고심했다.

사실 인트라넷이 갖추어지면 엄청나게 편하긴 했다. 주먹구구식으로 일을 처리하지 않아도 되고, 보고도 손쉬워지는 등 시간을 크게 절약할 수 있다.

문제라면 초반에 들어가는 돈이었다.

보안도 신경 써야 하니 꽤 많은 돈을 들여야 할 터.

잘못하면 앨범 하나 만드는 돈이 들어갈 수도 있었다. 그래서 쉽사리 찬성을 하기가 힘들었다.

그녀의 고민을 알았는지 강윤은 말을 이어갔다.

"시간을 절약할 수 있다면 돈을 절약하는 것과 같습니다. 투자할 가치가 있다고 여겨지네요."

"……하긴, 미래를 생각하면 맞는 말이에요."

"이사님의 생각하기에 지금이 아니라면 나중도 괜찮습니다. 나중에라도 인트라넷을 구축했으면 합니다. 아무래도 회사 내부의 일을 처리하는 것은 이사님이 더 잘 아시니…… 부탁합니다."

"알겠어요. 아, 맞다."

이현지는 뭔가가 떠올랐는지 손뼉을 쳤다.

"오늘 저녁 약속 기억하고 있지요?"

"추 사장님과의 약속 말이지요? 네. 기억하고 있습니다."

"크게 내키지는 않는데…… 그 사람, 은근 심술쟁이거든요."

강윤은 새침한 표정을 짓는 그녀의 말에 웃음을 터뜨렸다.

저녁이 되자 강윤과 이현지는 추만지 사장이 기다리는 고급 일식집으로 향했다.

사업 이야기를 하는 이들의 성지로 불리는 곳이라 예약이 무척 힘들기로 이름난 곳이었다.

직원의 안내를 받아 안으로 들어서니 추만지 사장과 다이아틴 멤버, 주예아가 자리에서 일어나 그들을 맞아주었다.

"어서 오세요. 오, 현지야!"

추만지 사장은 반가웠는지 이현지를 가볍게 포옹하려다 그녀의 강한 거부에 민망한 표정을 지었다.

"우리 사이에 이 정도도 못하니?"

"……어린 친구도 있는데 체통을 지키시지요, 사장님."

이현지가 주예아를 가리키자 추만지 사장은 오히려 껄껄 웃었다.

"괜찮아. 어차피 알 거 다 아는 친구거든."

"……."

이현지는 흥 소리를 내며 자리에 앉았다.

강윤이 어깨를 으쓱이며 추만지 사장에게 웃음 짓자 그도 여유 있게 눈을 마주했다.

"그때도 말했지만, 파티에서의 사장님은 무척 인상적이었습니다. 저희 회사 관계자들은 정부 측에 항상 을일 수밖에 없는데, 사장님이 화끈하게 이야기를 해주니…… 하하하. 사실 속이 시원했어요."

강윤은 민망했는지 멋쩍은 표정을 지었다.

"할 말을 한 것뿐입니다. 저희 업계 사람들이 정부의 도움을 얻을 수 있다면 그보다 좋을 수도 없을 테니까요. 그런데 그들의 대처는 한발 늦는 게 다반사니…… 그 모습이 속이 탔던 것 같습니다."

"사장님뿐만 아니라 모두가 인식하고 있는 사실이에요. 쉽게 표현을 하지 못할 뿐입니다. 그 사람들, 속이 밴댕이거든요."

"하하하."

파티에서의 이야기를 포함한 근황들이 오갔다.

음식이 하나둘씩 나오기 시작하자 모두가 젓가락을 들었다.

네 사람이 정갈한 음식으로 배를 채워갈 때, 추만지 사장은 용건을 이야기하기 시작했다.

"사실은…… 오늘은 중요한 용건이 있어서 이렇게 모셨습니다."

"어떤 건가요?"

강윤이 의아한 표정을 짓자 추만지 사장은 진중한 얼굴로 말을 이어갔다.

"이번에 우리 다이아틴 애들이 중국에 진출합니다. 계약도 이루어졌고, 이번 주에는 촬영까지 잡혀 있었죠. 그런데 돌연 하야스 백화점 측에서 촬영을 연기했습니다."

"흠……."

"이유를 알아보니 예랑이 하야스 백화점과 뭔가를 협의한다는 정보를 접할 수 있었습니다. 자세한 건 알 수 없었지만, 예랑 WINCLE의 진혜영이 유력 모델로 거론되고 있다는 말을 들을 수 있었습니다."

"정리해 보면 먼저 윤슬이 하야스 백화점과 일을 진행하고 있었는데, 예랑이 끼어든 셈이군요."

"······으득."

추만지 사장은 노기를 참기 힘들었는지 이를 악다물었다.

항상 밝은 표정의 그였지만 이번 일은 참기가 어려웠는지 감정이 새어 나오고 있었다.

이현지는 진중한 표정으로 말했다.

"이쯤 되면 악연이네요. 일본에서도 강시명 사장과 이런 일이 있지 않았나요?"

"진짜, 강 사장 그 사람······ 문제 있어. 돈이 된다면 수단과 방법을 가리지 않으니······ 언젠가 큰일 치를 거야."

추만지 사장은 한숨을 쉬며 술잔을 들었다.

강윤은 그의 잔에 자신의 잔을 가볍게 부딪치며 말했다.

"백화점과의 협의가 필요한 일이라면······ 백화점 메인 모델 일인가요? 다이아틴과 직접 관련이 있다니 매장 음악 관련 일은 아닌 것 같고······ 중국의 하야스 백화점이라면 규모가 상당하다고 알고 있습니다만."

"네. 모델 일입니다. 중국 내에서 업계 5위 안에 드는 백화점입니다. 성장세가 두드러져서 1년 안에 3위까지 올라설 거라는 백화점이지요. 이번에 다이아틴을 모델로 선정한 이유도 그 계획 중 하나입니다."

"백화점 입장에서 보면 몇 번이나 검토하고, 또 검토할 만하네요. 지난번 진서와 관련된 일로 한류 스타에 대한 이미지가 많이 내려갔지만, 가수에 대한 위상은 아직 높으니……
그런데 다이아틴이 WINCLE보다 인지도가 더 높지 않습니
까? 그 사람들도 한국에서의 인지도를 무시하지 않을 텐
데…….."

강윤이 알 수 없다는 표정을 짓자 추만지 사장은 짧게 한
숨을 내쉬었다.

"저도 처음엔 그렇게 생각하고 대수롭지 않게 여겼습니다.
그런데 이번에 사진촬영이 연기되고, 여러 가지 말들이 돌고
있으니…… 불안하더군요. 게다가 함께 일을 기획한 중국의
ETM엔터테인먼트도 하야스 백화점이 왜 그러는지 원인을 찾
지 못하고 있습니다. 이거, 로비나 스폰이면 곤란한데…….."

확정적이었던 기획이 미뤄졌다.

하야스 백화점은 느긋한 성향을 가진 업체가 아니었다. 그
런데 일을 미루었다는 건 추만지 사장에게 불안을 느끼게 하
기 충분했다.

이현지가 조심스럽게 말했다.

"거대 기획사에서 그런 곳에 스폰 같은 걸 할 이유가 없잖
아요. 발각되면 한순간에 몰락인데. 조심스러운 이야기지
만…… 윤슬보다 예랑의 기획이 더 매력적으로 느껴졌을 수
도 있겠네요."

기분 나쁘게 들릴 수도 있는 말이었지만, 추만지 사장은

개의치 않고 말을 이어갔다.

"역시, 그런가…… 이거 가만히 있다가는 계약이 파기당할 수도……."

추만지 사장이 근심스러운 표정을 손으로 가릴 때, 이현지가 나지막이 말했다.

"……추 사장님. 진짜로 하고 싶은 말이 무엇인가요?"

추만지 사장은 침묵했다.

여기부터가 진짜로 중요한 시점이었다.

젓가락질을 쉬지 않았던 주예아도 젓가락을 내려놓고는 긴장감에 목울대를 움직였다.

째깍대는 벽시계 소리마저 들려오는 정적이 흘렀다.

추만지 사장이 머뭇대며 쉽게 말을 꺼내지 못하자 강윤이 부드러운 어조로 분위기를 풀었다.

"편하게 말씀하세요. 저희도 쉽게 할 수 없는 이야기라는 건 짐작하고 있습니다."

"……."

이윽고.

결심이 섰는지, 추만지 사장은 눈에 힘을 단단히 주었다.

"……이번 다이아틴 중국 진출 건, 저희와 함께하지 않으시겠습니까?"

네 사람이 앉은 테이블에는 침묵이 감돌았다.

월드엔터테인먼트로 이적한 이후 민진서가 연예인으로서의 일정을 소화한 것은 사실상 없었다.

처음 몇 주간 그녀는 집에서 거의 나오지 않았다.

눈만 뜨면 영화나 드라마, 예능 프로그램을 쉴 틈 없이 시청하며, 추리닝 하나로 일주일을 지내는 생활을 이어갔다. 집에서만 생활한 덕에 살결은 더 하얘졌지만, 몸에 약간의 군살이 끼기 시작했다.

그러나 강기준은 그녀에게 잔소리를 늘어놓지 않았다.

오히려 야식으로 치킨까지 배달시켜 주며 그녀의 폐인생활을 도왔다.

그렇게 1달을 넘어 2달이 가까워지는 어느 날.

민진서는 슬슬 강기준의 이런 모습이 부담으로 다가왔다.

"……강 팀장님한테 미안해요. 일을 하기는 해야 하는데…… 선생님한테는 말할 것도 없고…….."

이현지와의 통화에서 그녀는 미안한 마음을 진하게 드러냈다.

그러나 전화기에서는 부드러운 말이 들려올 뿐이었다.

─그동안 열심히 달렸잖아. 얼마나 소진됐겠어. 마음껏 쉬어도 돼.

"……고맙습니다."

통화를 마친 후, 민진서는 전화기를 소파에 던지고는 그대로 누워버렸다.

"……너무 돼지 같네, 나."

그녀는 보기 좋게 살짝 나온 복부를 살며시 꼬집었다.

남들에게는 전혀 책잡히지 않을 정도였지만, 이전의 그녀라면 상상도 하기 힘든 모습이었다.

"내일부터는…… 조금씩 달려볼까?"

그녀는 그렇게 마음을 먹고는 소파에서 일어났다.

그때, 벨 소리가 들려왔다.

인터폰을 보니 강기준이 야식거리를 봉지째 흔들고 있는 모습이 눈에 들어왔다.

"쉬고 있었구나."

강기준은 사람 좋은 미소를 지으며 그녀 앞에 야식으로 사온 떡볶이와 순대를 풀어놓았다.

조금씩 음식을 입으로 넣으며 민진서가 물었다.

"팀장님. 저, 이렇게 아무것도 안 해도 괜찮아요?"

"응. 괜찮아. 편하게 쉬고 있으면 돼."

"……아, 뭔가 이상해."

MG에 있을 때는 상상도 못 할 일이 계속 벌어지니 민진서는 헛웃음이 계속 나왔다.

이렇게까지 오래 쉬니 오히려 잊혀질까 봐 불안해지기까지 했다.

그 마음을 아는지 강기준이 말했다.

"정말로 괜찮아. 지금은 아무 생각 없이 푹 쉬자고."

"그래도 회사에서 저한테 들인 돈이⋯⋯."

"에이."

그러자 강기준이 손을 흔들었다.

"그런 복잡한 계산은 나중에. 한 가지 말해둘 것이 있는데, 너는 충분히 그만한 투자를 받을 가치가 있었어. 그러니까 사장님이 투자를 한 거야."

"그런가요?"

"사장님이 단순히 친분이 있다고 그런 돈을 투자할 사람도 아니고. 혹시 더 빨리 복귀하고 싶은 거니?"

"⋯⋯그건 아직이요. 그냥⋯⋯ 죄송하고 미안해서요. 선생님한테도, 팀장님한테도."

아직은 조금만 더 쉬었으면 좋겠다.

그게 그녀의 솔직한 마음이었다.

"미안하다라. 그러면 이렇게 하면 어떨까?"

"어떻게요?"

민진서가 큰 눈을 껌뻑이자 강기준은 씨익 웃으며 답했다.

"학교 가고 싶다고 했지?"

"네. 그런데 왜······."

"학교 가려면 공부를 해야겠지? 쉬는 김에 공부를 해보는 건 어떨까?"

"······흠. 그럴까요? 그런데 제가 다닐 수 있는 학원이 있을까요?"

연예인이 학원에 다닌다면 삽시간에 화제가 될 것이 뻔했다.

아직 민진서는 연기 외에 다른 것으로 주목을 받고 싶지는 않았다.

그녀의 의사를 알았는지 강기준은 고개를 끄덕였다.

"알았어. 그러면 당분간은 온라인으로. 나중에 필요하면 학원도 가 보자고. 일단 목표는 수능."

"······잘할 수 있을까요?"

"못해도 괜찮아. 다 경험이니까."

민진서는 모처럼 밝게 웃으며 고개를 끄덕였다.

그런 그녀의 모습을 보며 강기준은 흐뭇한 표정을 지었다.

'쉬는 기간 동안은 진서가 여러 가지를 경험할 수 있도록 유도하자. 올 1년이 그녀를 더 높은 곳으로 올릴 기간이 되도록. 이 기간 동안 사랑도 할 수 있으면 좋겠지만······ 그건 수습이 안 될 것 같으니 패스.'

강기준은 가져온 파일에 필요한 것들을 기록해 나갔다.

추만지 사장이 굳은 결심을 하고 말을 꺼냈지만, 강윤은 쉽게 승낙하지 못했다.

"……쉽게 결정할 수 있는 사안이 아니군요."

강윤은 긴 한숨을 내쉬며 말을 이어갔다.

"윤슬과 예랑이 중국에서 대립을 이어가는 상황에서 저희가 끼어드는 형국입니다. 자연스럽게 저희도 예랑과 척을 지게 되겠죠."

"원래 예랑과 월드도 그리 사이는 좋지 않다고 알고 있습니다."

추만지 사장은 다급했는지 속에 있는 말들이 나오고 있었다.

강시명 사장이 월드에 대해 어떻게 생각하는지, 추만지 사장은 잘 알고 있었다.

하지만 기분이 상할 수 있는 말에도 강윤은 차분하게 답을 이어갔다,

"직접적으로 대립각을 세운 적은 없었습니다. 후우. 저도 솔직히 말씀드리겠습니다. 이번 일을 같이 하기 위해서는 저희도 리스크를 져야 합니다."

이 일을 통해 월드가 얻을 이익이 있는가?

제시해 봐라.

강윤의 뜻은 이것이었다.

추만지 사장도 강윤의 의도를 알았는지 바로 답을 이어 갔다.

"지난번에 중국에 다녀갔던 걸로 압니다."

"네. 진서 일로 다녀갔었습니다."

"아니 그뿐만이 아니라, 다른 이유가 있지 않았습니까?"

"다른 이유라니요?"

"에디오스. 그 애들도 중국에 가야 하지 않습니까."

강윤의 눈이 커졌다.

"네. 중국 관영방송 관계자들을 몇 명 만났습니다만……
성과가 그리 좋지는 않았습니다. 중국에서 일을 하기 위해
서는 지인은 필수라고 들었는데…… 찾는 것이 만만치 않더
군요."

"그 지인."

추만지 사장이 눈을 빛냈다.

"제가 찾아드리죠. 아니, 제가 지인이 되어 드릴 수도 있
습니다."

"사장님."

"사실, 이 사장님이라면 지인이 없어도 충분히 중국에서
기반을 만들 수 있을 겁니다. 하지만 시간이 들어가겠죠. 제

가 그 시간을 줄여드리겠습니다."

강윤은 이현지를 돌아보았다.

그녀는 핸드폰에 뭔가를 적어서 그에게 보여주었다.

－이 정도로는 부족해요.

강윤은 고개를 끄덕이고는 말을 이어갔다.

"……예랑과 척을 질 수도 있는 일입니다. 요즘 예랑이
MG와도 가까이 지낸다고 들었는데 잘못하면 일이 커질 수
도 있습니다. 죄송하지만 쉽게 결정하기가 힘드네요."

"……."

추만지 사장도 강윤과 이현지의 의도가 무엇인지를 알고
있었다.

More, More.

잠시 생각하던 추만지 사장은 짧게 한숨을 쉬며 말했다.

"이번에 제니가 모던파머에서 하차한다고 들었습니다만."

그 말에 이현지가 답했다.

"네. 이미지도 적당히 소모했으니 떠나야죠. 그거는
왜……?"

"여한기 PD라고 알지 모르겠네."

느닷없는 이야기였지만 이현지는 고개를 끄덕였다.

"잘 알죠. 역대 최고 금액을 받고 지상파에서 종편으로 넘
어간 PD잖아요."

"이 사람이 하는 방송에 월드에서 원하는 연예인이 출연할 수 있게 힘을 써줄게."

이현지가 순간 말문이 막혔는지 멍해진 사이, 그는 말을 이어갔다.

"월드는 예능 프로그램 출연이 거의 없다시피 하지요. 소속 가수들의 음악이 워낙 좋아서 음악만으로도 홍보가 되는 이유도 있지만…… 대한민국에서 예능의 힘은 대단합니다. 게다가 예능 출연이 없던 가수가 한번 출연으로 얻는 효과는 가히 말할 것도 없겠죠. 게다가 여한기 PD의 작품이라면 시청률도 보장할 수 있습니다. 제가 드릴 수 있는 것은 이 정도입니다."

추만지 사장은 눈을 감았다.

이젠 강윤의 뜻에 맡기겠다는 뜻이었다.

이현지도 강윤에게 다시 문자를 찍어 보여주었다.

─사장님이 판단하는 대로 따를게요.

추만지 사장이 제시하는 조건이라면 예랑이라는 리스크는 져도 괜찮다는 뜻이었다.

이현지의 문자까지 본 강윤은 다시 추만지 사장에게로 눈을 돌렸다.

"한 가지 물어도 되겠습니까?"

"무엇인가요?"

"결국 제가 하는 일은 기획이잖습니까. 더 한다면 실무가 약간 있겠군요."

"그렇지요. 왜 그러시는지⋯⋯?"

강윤은 눈을 빛냈다.

"그렇다면 월드엔터테인먼트 대표 이강윤이 아니라, 프로 듀서 이강윤으로 프로젝트에 참여하게 해주십시오."

말장난 같지만, 이건 중요했다.

회사를 대표해서 온 것이 아니라 프로듀서로서 윤슬에 협 력하는 것.

소용없을지 모르지만 회사를 위한 명분이며 안전장치 였다.

"알겠습니다. 그럼 잘 부탁드립니다."

대번에 강윤의 의도를 알아챈 추만지 사장은 웃으며 그와 손을 맞잡았다.

이틀 뒤.

월드를 이현지에게 맡기고 강윤은 중국으로 출국했다.

아직 윤슬엔터테인먼트가 사무실을 마련하지 않아서 업무 는 협력사인 ETM엔터테인먼트의 사무실에서 하게 되었다.

비행기로 인한 피로감이 느껴졌지만 강윤은 바로 업무를 시작했다.

"하야스 백화점의 모델은 유명 여배우부터…… 소설가도 있고. 대부분 저명인사들이군. 외모보다 인지도를 위주로 모델을 선정했어."

게다가 모델들도 대부분 30대를 기본으로 넘겼다.

그런데 왜 하야스 백화점에서는 이번에 다이아틴을 모델로 채택하려 했을까?

'추만지 사장은 이번에 하야스 백화점이 큰 도약을 준비한다고 했어. 거기에 맞춰 저격을 했다고 했지.'

다이아틴이라면 거기에 딱 들어맞는 모델이었다.

한국 최고의 아이돌 가수에 젊음까지 갖추고 있었다. 부족함이 없을 터.

'촬영이 갑자기 미루어졌다. 그것도 하야스 백화점에 의해서. 그건 회사 내부에서 뭔가 변화가 있다는 뜻일 수도 있어.'

결정권자의 변심이나 회사의 자금 상황 악화 등 강윤은 여러 가지 상황을 떠올렸다.

'일단 여기만 보는 건 바보짓이야. 중요한 건 다이아틴이 중국에 데뷔하는 것. 여기에만 목을 매는 건 바보짓인 것 같다. 일단 최악을 가정하고 시작을 하는 것이 좋겠어. 일단 기획서부터 다시 만들자.'

상황을 정리하자 길이 보였다.

강윤은 팀원들을 소집한 후, 회의를 시작했다.

팀장의 어색한 중국어에 ETM엔터테인먼트 직원들이 처음에는 힘들어했지만 10분도 지나지 않아 강윤의 진행에 모두가 빨려 들어갔다.

회의를 마친 후, 강윤은 추만지 사장에게 전화를 걸었다.

—……미안합니다. 담당 이사 만나기가 쉽지 않네요.

추만지 사장의 침울한 목소리에 강윤은 괜찮다며 격려했다.

"원래는 하야스에서 더 급하게 나와야 할 텐데. 아무래도 저희 외에 다른 대안이 있는 것 같네요."

—잠깐만요. 대안이라면 혹시…….

혹시 예랑이 아닐까.

강윤이 그 말은 안 해주길 바랐지만, 그 바람은 이루어지지 않았다.

"……잘은 모르겠지만 나쁜 예감은 대부분 들어맞는 법입니다."

—……기운이 빠지네요. 아니길 빌고 싶지만 사장님이 하는 말이니 그럴 것 같군요.

추만지 사장의 목소리에서 기운이 빠졌지만, 강윤은 냉정하게 말을 이어갔다.

"그쪽에서는 두 가지 선택권을 놓고서 이리저리 재는 중이

라고 생각합니다. 그렇지 않고서야 추 사장님을 만나지 않을
이유가 없을 테니까요. 한동안 찾아가도 만나기 쉽지 않을
것 같습니다."

─……곤란하게 됐네요. 미안합니다. 제가 불러놓고 고생
만 시키는 건 아닐지…….

강윤은 고생한다며 추만지 사장을 격려했다.

그는 쓰게 웃으며 곧 돌아오겠다며 통화를 마쳤다.

1시간 후, 추만지 사장이 씁쓸한 표정으로 회사로 복귀
했다.

"이 사장님. 오면서 생각해 봤는데 윤슬과 하야스 간에 이
야기가 많이 진행된 게 아닐까하는 생각이 듭니다. 거기서
이렇게까지 빠르게 움직일 줄은……."

추만지 사장이 자리에도 앉지 못하고 발을 동동 굴렀지만
강윤은 침착했다.

"내일부터는 하야스 백화점에 가지 않는 것이 좋을 것 같
습니다."

"……흠."

추만지 사장은 가라앉은 어조로 답했다.

"그래도 작은 가능성이라도 열어봐야 하지 않겠습니까?"

그 말에 강윤은 고개를 흔들었다.

"원래대로라면 그렇습니다만, 아무래도 돌아가는 상황

이......."

"사장님."

추만지 사장은 말에 힘을 주었다.

"이거에 대해서는 생각이 서로 다른 것 같네요. 난 어떻게든 만나서 실타래를 푸는 방법을 택하겠습니다."

"......"

그가 이렇게 나오니 강윤도 그를 더 말리지는 않았다.

다만, 마음에 걸리는 것이 있었다.

'예랑이 계속 몇 발자국 앞서가고 있는 것 같아. 이렇게 끌려가면 아무것도 못 한다. 판을 다시 짜야 해.'

강윤은 주먹을 꽉 쥐는 추만지 사장에게서 다시 기획서로 눈을 돌렸다.

♪ ♫ ♩ ♪♫ ♪

[강 사장님. 야, 이거. 강 사장은 볼수록 마음에 듭니다! 캬하하하!]

볼록한 배를 자랑하는 정장의 남자는 옆에 앉은 여성이 따라주는 술을 받으며 껄껄 웃었다.

역시 자신의 옆에 앉은 여성을 끌어안고 있던 강시명 사장역시 여유 있는 얼굴로 술잔을 넘겼다.

[그렇게 말씀해 주시니 감사하지요.]

[후흐흐. 내 이 은혜는 절대 잊지 않지요. 이런 풍류를 즐길 줄 아는 남자라…… 하하하하!]

정장을 입은 남자의 손목에는 그가 생전에 차보지 못했던 금빛의 시계가 번쩍이고 있었다.

기획만으로 우직하게 승부를 보던 추만지 사장과는 다르게, 강시명 사장은 로비도 적절히 해가며 여러 가지 방법을 사용했다.

[은혜라니요. 전 그저 류양 이사님이 어울리는 물건이 없어서 그냥 챙겨드린 것뿐입니다.]

[하하하하. 말도 이렇게…… 흐흐. 하긴, 이런 사장님 밑에 있는 아이니 WINCLE 애들이 그렇게 야무진 것 아니겠습니까?]

[부족한 아이들이지만 그렇게 봐주시니 감사하지요.]

탄력을 받는지 남자의 말은 계속되었다.

[사실 이사님들은 잘 모르지요. 다 내 손에서 결정됩니다. 지난번에 봤지요? 그 다이아 뭐라는 애들도 내 말 한마디면 그렇게 나가리가 되지요. 나만 믿어요. 나만. 다, 나만 믿으면 되는 거야. 몽땅 다! 하하하하!]

[이 강시명! 이사님같이 든든한 분을 만나니 마음이 편안합니다. 한잔 받으시죠.]

[감사합니다.]

두 사람의 끈적끈적한 술자리는 그렇게 밤새도록 이어
졌다.

추만지 사장은 매일같이 하야스 백화점을 찾아갔지만 담
당 이사는 만나지 못했다.

심지어 4일째 되던 날에는 비서조차 만나지 못하고 내□
기는 신세가 되니, 그의 자존심은 바닥으로 떨어져 버렸다.

"……계약서는 폼이냐. 허…….."

추만지 사장은 기가 막힌 심정으로, 백화점을 나섰다.

이럴 수 있냐며 따지고 싶어도 사람을 만나야 이야기를 할
수 있지…….

이역만리 외국에서 그의 말이 통할 리가 없었다.

"젠장…….."

거대한 백화점 정문 앞에서, 수많은 사람들이 들어서는 모
습을 보며 추만지 사장은 바닥에 침을 뱉었다.

"이건 계약을 엎으려는 수작질이야. 하하…… 여기 사람
들은 일을 이딴 식으로 하나."

도장까지 찍고도 이런 취급을 받기는 처음이었다.

하야스 백화점이라는 곳은 무슨 일이든 이런 식으로 하는

건지.

이대로 가면 ETM엔터테인먼트에서도 어떻게 나올지 몰랐다. 하지만 문 앞에서 투덜대 봐야 방법이 나오는 것도 아니었다.

결국 추만지 사장은 ETM엔터테인먼트로 돌아왔다.

그는 힘없는 발걸음으로 강윤이 4일 내내 나오지 않다시피 한 사무실로 향했다.

사무실에 가니 수염이 덥수룩해진 강윤이 그를 맞아주었다.

"무슨 일 있었습니까?"

추만지 사장은 문전박대를 당한 이야기와 함께 아무래도 계약이 힘들어질 것 같다며 힘없이 고개를 숙였다.

그러자 강윤이 씁쓸한 표정을 지으며 말했다.

"……결국 그렇게 되는군요."

"알고 있었습니까?"

"그냥 예상을 해봤습니다. 예랑은 조용한데 추 사장님은 분주하고. 생각해 보면 예랑은 확실한 카드를 가지고 있다는 이야기가 되겠죠. 하야스의 담당자는 계속 추 사장님을 피하고 있고…… 매수됐을 가능성이 큽니다."

추만지 사장도 그렇다고 생각했지만, 믿고 싶지는 않았다.

그만큼 그에게는 이번 일이 간절했으니.

처연한 표정을 짓는 추만지 사장에게 강윤은 서류봉투를
건넸다.

"이건……?"

"4일 동안 제가 한 일에 대한 결과물입니다."

"……이제는 소용없을지도 모르는 것들인데……."

강윤과 함께 일을 했어도 변한 건 없었다.

그는 힘없는 표정으로 내용물을 꺼냈다.

짧은 중국어 실력으로 중요한 말들을 읽어간 그는 눈을 동
그랗게 떴다.

"……시양 백화점? 잠깐. 여기는……?"

중요한 부분을 읽은 추만지 사장이 놀란 눈으로 묻자 강윤
은 웃으며 답했다.

"백화점이 하야스 한 곳은 아니지 않습니까. 시양 백화점
이라고, 이곳에서도 마케팅에 열정적인 곳이더군요. 사장님
이 권한을 주신 덕에 ETM엔터테인먼트와 협의해서 재미있
는 결과물을 만들어낼 수 있었습니다."

"재미있는 결과물이라면……?"

"시양 백화점은 업계 7위의 백화점이더군요. 이번 시즌에
업계 5위 안에 들겠다며 마케팅에 대단히 적극적으로 나서고
있었습니다. 전 거기에 맞춰 기획서를 냈고, 긍정적인 답을
오늘 받았습니다. 답을 받으려면 며칠은 걸릴 줄 알았는데

바로 답을 줄 거라곤 생각하지 못했습니다."

씨익 미소 짓는 강윤의 모습이 추만지 사장에겐 마치 천사의 미소와 같이 느껴졌다.

"시얀, 시얀 백화점이라. 설마, 며칠 동안 꿈적도 안 했던 이유가……."

추만지 사장의 감격한 표정에 강윤은 수염으로 덥수룩해진 턱을 긁적였다.

"처음에 말한 대로 두 가지 가능성을 놓고 기획서를 만들었습니다. 하나는 원래 계획대로 하야스 백화점에 낼 기획서, 다른 하나는 시얀 백화점에 낼 기획서였죠. 이 두 기획서를 같은 날 보냈습니다. 시얀 백화점에서 긍정적인 반응을 보였고 하야스 백화점에서는 아무런 반응이 없었습니다. 심지어 부정적인 말조차 없었지요."

"……이상하군요. 절 문전박대한 것도 그렇고 기획서에도 아무런 답이 없다니."

"그쪽에서도 뭔가 찔리는 것이 있으니 그런 것 아닐까요?"

그 말에 추만지 사장의 등골이 오싹해졌다.

강윤은 담담한 어조로 말을 이어갔다.

"하야스 백화점과의 인연은 이미 멀어진 것 같습니다. 이젠 시얀 백화점과의 일에 집중해야 합니다."

"……왠지 강시명, 그놈에게 진 것 같네요."

그러자 강윤이 고개를 흔들었다.

"아니요. 이번에는 조금 다를 겁니다."

"다르다고요? 어떻게 말입니까?"

"3페이지를 보시겠습니까?"

추만지 사장은 강윤이 준 보고서를 넘겼다.

그러자 다이아틴의 촬영일자와 함께 공개되는 날, 그리고 라이벌이라 할 수 있는 하야스 백화점의 공개일자까지 함께 적혀 있었다.

"그리고 보니, 하야스와 시얀 백화점은 세일 기간이 같군요. 하하. 공교롭게 됐습니다."

강윤은 어깨를 으쓱였다.

"시얀 백화점에 기획서를 보낸 다른 이유이기도 합니다. 억울하게 얻어맞고 가만히 있을 수는 없지 않습니까."

"암암. 그렇죠. 하하, 하하하하."

강윤의 넉살 좋은 말에 추만지 사장은 주변이 떠나가라 웃음을 터뜨렸다.

며칠 후.

윤슬&ETM엔터테인먼트와 하야스 백화점 사이의 계약이 파기되었다.

파기에 따른 위약금 문제가 있었지만 ETM엔터테인먼트

가 나섰고, 서로간의 불미스러운 일이 터지기 전에 문제 제기를 하지 않는 선에서 위약금 문제는 봉합되었다.

위약금 문제로 시끌시끌할 줄 알았던 추만지 사장은 문제가 너무 쉽게 해결되자 의아해했다.

"……문제가 생각보다 쉽게 해결되는군요."

모처럼 운전대를 잡은 추만지 사장은 이해가 가지 않는다는 듯, 고개를 갸웃했다.

강윤은 옆 좌석에서 웃으며 그의 의문을 풀어주었다.

"그쪽에서도 찔리는 구석이 있으니까 아무 말 없이 넘어가려고 했을 겁니다."

"일이 잘 돼서 함께 일을 했다고 해도 피곤했겠군요. 계속 뭔가를 요구했을 테니."

"그랬을 겁니다. 갑질을 당했을지도 모르겠네요. 아, 다이아틴 애들은 촬영 잘하고 있다고 하던가요?"

오늘은 스튜디오에서 촬영이 있는 날이었다.

그래서 강윤과 추만지 사장은 작업을 마치고 촬영장으로 향하는 길이었다.

추만지 사장은 신호에 차를 세우며 답했다.

"가봐야 알 것 같습니다. ETM 측에선 믿고 맡기라 했지만 그들의 눈과 우리 눈은 다르니까요."

두 사람이 탄 차는 빠르게 스튜디오로 향했다.

스튜디오에 도착하니 마침 쉬는 시간이었다.

추만지 사장은 바이어와 인사를 하고는 바로 결과물을 보고 있는 사진작가에게로, 강윤은 다이아틴에게로 향했다.

"……흠."

추만지 사장은 금발에 물결치는 가발을 쓰고 드레스를 입은 주예아의 사진을 보며 눈을 가늘게 떴다.

[왜 그러시는지요?]

[아닙니다. 예아가 표정이 어색한 건가.]

사진작가가 추만지 사장의 의문어린 표정에 눈을 껌뻑였다.

컨셉이 이상한 건지, 아니면 사진이 이상하게 찍힌 건지.

사진을 넘기면서 추만지 사장의 안색도 불편해져 갔다.

추만지 사장은 다이아틴과 대화 중인 강윤에게 다가갔다.

'이 사장님.'

'왜 그러시는지요?'

강윤이 묻자 추만지 사장이 작은 목소리로 말했다.

'결과물이 영 별로인데요.'

'바이어는 어떤 반응입니까?'

강윤의 물음에 추만지 사장이 고개를 흔들었다.

'크게 말은 없습니다. 사진을 못 본건지, 우리가 어떻게 하는지 보려는 생각인지…… 속을 모르겠네요. 아무래도 사진

작가와 우리 애들 손발이 잘 안 맞는 것 같습니다.'

'이런.'

강윤은 낭패한 표정을 지었다.

ETM엔터테인먼트에서 추천한 이는 앨범 재킷사진을 전문으로 촬영한다는 사진작가였다. 전문 사진작가를 섭외하고 싶었지만, 스케줄 문제가 있어서 실력이 제일 괜찮은 사람으로 섭외했는데…….

과정이 난항이었다.

"작곡가님. 무슨 일 있어요?"

다이아틴의 비주얼 담당, 주예아가 무슨 일인지 큰 눈을 굴리자 강윤은 그녀와 사진작가를 번갈아 보았다.

"잠깐 따라와 볼래?"

"어어?"

졸지에 강윤에게 이끌려 주예아는 사진작가에게로 향했다.

사진작가는 추만지 사장에 이어 강윤에 모델까지 오니 바짝 긴장했다.

[무, 무슨 일이지요?]

[예아 사진 좀 볼 수 있을까요?]

사진작가는 잠시 입술을 삐죽대다 어시스트에게 보여 달라 손짓했다.

강윤은 물결치는 가발을 쓰고 드레스를 입은 주예아의 모습을 하나하나 넘기며 턱에 손을 올렸다.

"나, 눈짓이 어색한 건가."

사진을 보며 주예아가 고개를 갸웃했다.

부드러운 눈빛을 보냈어야 하는데, 오히려 어설퍼졌다.

조용히 강윤과 주예아의 모습을 지켜보던 바이어, 정한위 상무가 흥미가 생겼는지 천천히 그들에게 다가왔다.

[뭐가 잘 안되나요?]

가라앉아 있으면서도 차갑게 들리는 말에 주예아는 움찔했다.

강윤은 조금 어설픈 중국어로 차분히 답했다.

[결과물이 약간…… 애매하게 나왔습니다. 그래서 확인 중입니다.]

[그런가요. 어디…… 후. 전 봐도 모르겠네요. 알아서 하세요. 어찌됐든 결과만 좋으면 되니까.]

그는 알아서 하라는 듯, 손을 내저으며 돌아섰다.

귀찮은 듯, 그렇게 행동했지만 그의 눈은 착 가라앉아 있었다.

'지켜보겠다는 의미군.'

강윤은 바이어의 속뜻을 바로 알아차렸다.

그는 사진작가에게로 다시 눈을 돌렸다.

[미안한데 이번 컷, 다시 들어갈 수 있겠습니까? 아무래도 저희 애들이 너무 못한 것 같아서요. 미안합니다.]

사진작가의 미숙도 있었지만, 강윤은 굳이 그를 탓하지 않고 모델의 미숙만 이야기했다.

그러자 사진작가도 민망한 표정을 지으며 답했다.

[……알겠습니다. 최선을 다하겠습니다.]

강윤의 말에 사진작가는 강하게 고개를 끄덕였다.

다시 촬영이 재개되었다.

사진작가는 이전과는 다르게 한 컷 한 컷에 오랜 시간을 소모했다.

조명을 맞추고, 세팅을 하는데도 많은 정성이 들어갔다.

어시스턴트들의 움직임도 한층 바빠졌고, 모델들에게 하는 요구도 많았다.

다이아틴 멤버들은 눈빛을 비롯해 표정 연출에 많은 애를 먹었고, 사진작가도 셔터막이 닳도록 컷을 연발했다.

강윤과 추만지 사장은 그런 모습을 계속 지켜보았다.

이 같은 정성에 바이어도 크게 놀랐다.

'이거, 너무 쥐어짜는 것 아닌가요?'

바이어가 다가와 강윤에게 속삭이자 그는 고개를 흔들었다.

'저 아이들을 보고 시얀 백화점에 대한 이미지가 변할 수

있도록 해야 하지 않겠습니까.'

'······그래도 다들 너무 고생하는데······.'

지금까지 여러 모델들의 촬영에 가본 바이어였지만, 이렇게 정성 들인 촬영은 단연코 처음이었다.

저 키 큰 남자가 사진작가를 비롯해 연예인들과 몇 마디 말을 주고받으니 현장이 확 변해 버렸다.

'물건이네.'

바이어는 조용히 비서를 불러 '그'에 대해 알아보라고 명령을 내렸다.

그렇게 촬영은 계속 이어졌다.

하루 시간을 통째로 때려 박은 보람이 있었다.

[수고하셨습니다!]

어시스턴트의 인사와 함께, 아침부터 시작된 촬영이 끝이 났다.

"이 사장님. 수고했어요."

"추 사장님도 고생하셨습니다."

강윤이 시계를 보니 어느덧 11시가 넘어가고 있었다.

다이아틴 멤버들은 아예 의자에 눕다시피 하며 일어나지도 못했고, 사진작가를 비롯한 사진팀도 온몸에 지친 기색이 역력해 보였다.

강윤은 사진팀에게 다가갔다.

[오늘 정말 고생하셨습니다.]

[팀장님도 수고하셨습니다.]

공식적으로, 이곳에서 강윤의 직함은 기획팀장이었다.

강윤은 남들이 보이지 않게 사진작가와 함께 뒤돌아선 후, 봉투 하나를 건넸다.

[이건……?]

[오늘 고생하셨는데 팀원들하고 온천에서 시원하게 피로를 푸시지요.]

[이런…… 허. 감사합니다.]

사진작가의 기뻐하는 모습을 보며 강윤은 씨익 웃으며 돌아섰다.

곧 뒤에서 중국어로 환호 소리가 들려왔다.

그 소리에 추만지 사장이 의아한 얼굴로 물었다.

[무슨 말을 했기에 사진팀이 왜 저렇게 좋아하나요?]

[하하. 그러게요.]

강윤은 어깨를 으쓱였다.

자신의 사비를 털어 준 것까지 일일이 보고할 이유는 없었으니까.

힘없이 늘어져 있던 다이아틴의 한효정이 추만지 사장을 올려다보았다.

"……사장니임."

"다들 고생했어. 너무 늦었으니까 일단은 쉬……."

"나~ 바압."

"……."

다이어트 기간인 것도 모르는지.

강윤이 풋 소리를 내며 웃음을 터뜨렸고 추만지 사장의 눈썹이 꿈틀댔다.

이현지는 스튜디오에서 이현아가 만든 곡을 듣고 있었다.

"……이 곡을 앨범으로 내고 싶다고?"

"네."

이현지는 오디오의 멈춤 버튼을 누르고 턱에 손을 올렸다.

함께 있던 희윤이 말을 보탰다.

"좋은 곡이에요. 지금까지 듣던 현아 언니의 곡과는 다른 느낌의 노래예요. 솔직하고, 슬픈…… 사랑에 빠진 여자가 들려줄 수 있는 감성이랄까요?"

"이 작곡가가 생각하기엔 괜찮았다는 말이지요?"

"네. 충분히요."

희윤의 눈에는 확신이 어려 있었다.

"편곡이 많지는 않네. 굉장히 잔잔해. 그런데 요즘 트렌드에 맞을까? 흠……."

솔직한 가사는 괜찮았지만, 느릿한 반주가 마음에 걸렸다.

이현지는 의문이었다.

가수가 강하게 원한다면 강윤은 기꺼이 해보라고 말했겠지만 이현지는 좀 더 신중했다.

"……사장님이라면 해보라고 했을 텐데……."

이현아가 작게 투덜거렸지만, 이현지는 고개를 흔들었다.

"그랬을지도. 사장님이야 어떻게든 히트를 치게 만들어 줄 수 있는 사람이니까. 하지만 난 그런 재능이 없어. 차라리 더 다듬어서 사장님에게 보여준 후 생각해 보는 건 어떨까?"

"……."

이현아는 아쉬웠지만 더 말을 하지는 못했다.

그녀의 의견에 흠을 잡을 부분이 없었기 때문이었다.

이현지가 스튜디오를 나가고, 이현아는 한숨을 내쉬었다.

"아아. 이사님은 역시 어려워."

희윤도 동감했다.

"그러게요. 하지만 이사님 말도 맞아요. 역시, 오빠한테 보여주는 게 어때요?"

"······아니."

의외의 말에 희윤의 눈이 동그래졌다.

"언니."

"이사님을 곡으로 설득해 보고 싶어. 이사님한테 통한다면 다른 사람들에게도 통할 수 있다는 말 아닐까? 사람들에게 통하도록 다듬어보자. 작곡가님, 조금만 더 봐줘. 부탁할게."

희윤이 고개를 끄덕이자 이현아는 의욕으로 다시 불타기 시작했다.

중국에서 강시명 사장의 계획은 일사천리로 진행되어 갔다.

중국 협력사와도 손발이 잘 맞았고 하야스 백화점과의 일은 아우토반처럼 뻥 뚫린 도로와도 같았다.

'이번 일이 잘 마무리되면, 이 인지도를 바탕으로 데뷔······.'

일본에 이어 중국까지.

그렇게 되면 MG에 버금가는 회사가 되는 것도 꿈이 아니었다.

"흐흐흐."

하야스 백화점의 류양 이사를 만나기 위해 온 강시명 사장
은 저도 모르게 웃음을 흘렸다.

"역시 사람을 잘 잡아야 해. 이 업계는 그게 재산이야."

류양 이사의 마음을 사로잡은 것.

아무리 생각해도 신의 한수라고 느껴졌다.

곧 그는 비서의 안내를 받아 류양 이사가 기다리고 있는
이사실 안으로 들어갔다.

불룩한 배를 자랑하는 류양 이사는 작은 눈을 옆으로 찢으
며 그를 반겨주었다.

[어서 와요. 하하하.]

마주 앉은 두 사람은 1시간 이후부터 들어갈 정기 세일에
대한 이야기를 꺼냈다.

[WINCLE이라는 아이들, 참 예쁘더군요. 촬영장에서 많이 놀랐
습니다.]

[좋게 봐주셔서 감사합니다.]

[하하하. 이번에 정말 기대가 큽니다. 저뿐만 아니라 사장님도 같
은 생각이지요. 이번 일이 잘되면 더 많은 곳에서 일해 봅시다.]

[저야 그렇게만 해주신다면 감사할 따름이지요.]

강시명 사장의 얼굴에 미소 꽃이 피었다.

그렇게 두 사람이 여유 있게 아침의 티타임을 가지는데, 전화벨이 울렸다.

―이사님. 사장님께서 지금 사장실로 올라오라 하십니다.

[사장님이? 알았어. 금방 가지.]

류양 이사는 옷걸이에서 재킷을 걸치며 강시명 사장에게 말했다.

[잠깐 다녀오지요. 같이 나가게 기다려 줘요. 시원하게 온천욕이나 하십시다.]

[좋지요.]

어차피 별다른 일정이 없던 강시명 사장은 여유 있게 핸드폰을 보며 이사실에서 대기했다.

그런데 금방 내려온다던 그가 1시간이 지나도 내려오지 않았다.

'무슨 일 있나?'

그는 고개를 갸웃했다. 강시명 사장은 이상한 마음에 백화점 정문 쪽을 바라보았다.

내려다보니 정문에는 여전히 사람들로 북적였다.

'뭐지?'

WINCLE을 모델로 쓴 것이 잘못됐나?

그렇다면 사람이 적어야 할 텐데 그건 아닌 것 같고…….

그가 의문을 품고 기다리고 있을 때, 류양 이사가 돌아왔다.

그는 나갈 때와는 다르게 얼굴이 잔뜩 상기되어 있었다.

[하, 하!]

[이사님. 무슨 일…… 있으십니까?]

강시명 사장이 조심스럽게 묻자 류양 이사는 이글이글 타오르는 눈으로 외쳤다.

[시얀, 시얀 백화점 그 잡쓰레기 같은 것들이 찌끄레기들을 섭외했다는군요. 하. 기가 막혀서…….]

[네? 찌끄, 뭐라고요……?]

[다이아틴. 한국의 그것들 말입니다. 이번 세일 기간에 그것들이 시얀의 모델이 되었어요. 하, 그런 정보를 지금 알았다고 저뿐만 아니라 모든 이사들이 불려갔습니다. 하하…….]

강시명 사장은 졸지에 뒤통수를 맞은 것 같았다.

'추, 추만지! 그 작자가! 하! 역시 조용한 이유가 있었어!'

하야스 백화점과 계약이 파기되고 가만히 있던 이유가 여기에 있었다.

계속 추만지 사장의 움직임을 감시했지만, 보고받기로 그는 백화점 같은 곳에는 얼씬도 하지 않았다고 들었는데…….

'다이아틴하고 WINCLE? 하?!'

졸지에 한류 가수들의 정면승부가 벌어진 판에 그는 눈앞이 캄캄해지는 것을 느꼈다.

12층 규모의 거대한 복합 쇼핑몰인 시얀 백화점 정면에 다이아틴의 사진이 걸렸다.

시얀, 하야스 백화점을 비롯한 모든 백화점이 정기 바겐세일에 들어갔다.

다이아틴에게는 본격적인 중국 진출이 걸렸고, 시얀 백화점에게는 5위권 도약을 위한 기로에 선 중요한 기점이었다.

시얀 백화점의 회의실.

추만지 사장은 생각할수록 웃음이 나왔는지 피식피식 웃었다.

"이 한 주 동안 강시명, 그 작자도 똥줄 좀 탔겠지요?"

강윤도 어깨를 으쓱였다.

"아마도 그랬을 겁니다. 같은 한류 가수끼리의 경쟁은 생각지도 못했을 테니까요. 하야스 백화점이나 예랑이나."

"하하하."

추만지 사장은 십년 묵은 체증이 내려가는 기분이었다.

다이아틴을 밀어내고 그곳에 숟가락을 얹었다고 생각했겠지만, 뒤통수를 맞은 건 강시명 그 자신이 되었으니 말이다.

한편, 강윤의 손가락은 바쁘게 움직이고 있었다.

―회의 전이야. 뭐해?

-한강 뛰는 중이에여 ˜ *^^* 또 회의하세요?ㅠ

-그러게…… 대신 해줄래?

-그건 좀…… 무리일 듯…… 지송여~

강윤이 피식피식 웃으며 손가락을 분주히 움직일 때, 추만지 사장이 궁금했는지 장난기 어린 미소로 물었다.

"호오, 이 사장님. 뭐가 그리도 재미있습니까? 애인인 가요?"

"그렇게 보이나요?"

"네. 그런 표정은 좋아하는 사람이 아니면 나오기 힘드니까요."

"하하하. 그렇습니까?"

강윤은 어깨를 으쓱이며 긍정했다.

그러자 추만지 사장은 큰 목소리로 웃음을 터뜨렸다.

"좋은 때네요. 하긴, 연애할 때가 좋아요. 물론 연애만. 왜 여자는 토끼같이 귀엽다가 결혼만 하면…… 코끼리같이 거세질까요."

"에이, 사장님이 그렇게 말씀하시면 남자들이 화냅니다. 추 사장님 부인이 어떤 분인지 다 아는데……."

강윤이 어이가 없다는 듯 실소를 머금었다.

추만지 사장의 부인은 배우 출신으로, 뛰어난 외모와 몸매로 각종 매체에서 여러 번 화제가 되기도 했었다.

하지만 그것이 무색하게 추만지 사장은 고개를 흔들었다.

"이 사장님."

추만지 사장은 진지한 눈빛으로 강윤에게 속삭였다.

"세상에서 가장 예쁜 여자가 어떤 여자인 줄 아십니까?"

"네?"

"남의 여자입니다."

"네에?"

강윤이 황당하다는 듯 눈을 껌뻑이자 추만지 사장이 껄껄
대며 웃었다.

"하하하하하. 이 사장님은 보수적이시군요. 누군지 몰라도
복 받았네요. 능력도 있지, 순정파에…… 아, 진짜 누군지."

"사장님도 참. 그런 말씀을 아무렇지도 않게…… 짓궂으
시군요."

추만지 사장의 장난에 강윤은 어깨를 으쓱였다.

두 사람이 대화를 나누고 있으니 얼마 있지 않아 시얀 백
화점의 관계자들이 회의실로 들어섰다.

그들은 전년도의 같은 주간과 비교해 올해의 매출이 2배
가까이 올랐다며 강윤과 추만지 사장에게 엄지손가락을 들
어올렸다.

당장 업계 5위 안에 들었는지 지표를 가늠하기 힘들다는
것이 아쉬웠지만, 현재 몰려드는 고객의 숫자, 수익 등을 가

늠해 보니 하야스 백화점이 동원한 고객의 숫자보다 많았다는 것이 고무적이었다.

백화점에 드나드는 사람이 워낙 많아서 발 디딜 틈도 없었으니 말 다 했다.

거기에 모델인 다이아틴도 틈틈이 시얀 백화점에 얼굴을 비추니 효과는 배가되었다.

이번 마케팅의 책임자, 정한위 상무는 프레젠테이션을 마친 후 강윤과 추만지 사장을 만족한 얼굴로 바라보았다.

[저희 백화점이 생긴 이래로 이렇게 모델의 효과를 제대로 본 적이 없었습니다. 부수적으로 모델이 직접 백화점에서 물건을 사는 모습도 마케팅으로 활용하니…… 반응이 폭발적입니다. 이대로만 가면 업계 5위도 꿈이 아닐 겁니다.]

[좋은 결과가 나올 것 같다니, 저희도 기분이 좋습니다.]

추만지 사장은 흐뭇한 미소로 답했다.

정한위 상무는 잠시 회사 사람들과 이야기를 하더니, 진지한 표정으로 말했다.

[저흰 한국의 가수, 다이아틴이 시얀 백화점에 유커(□□-중국인 관광객)를 만들어내고 있다고 생각하고 있습니다. 다이아틴이 모델로 나선 케이하우스 화장품을 고객들이 다발로 사들고 가는 현상이 이를 입증하고 있지요.]

다이아틴이 모델을 하고 있는 케이하우스 제품들은 이미

품귀 현상까지 빚어지고 있었다.

백화점 모델이 된 효과가 플러스가 되면서 케이하우스의 물건을 실어 나르는 트럭은 하루 2번씩 물건을 꽉꽉 채워서 와야 하는 상황이었다.

고객들이 구매 방식이 한국에서 유커들이 구입해 가는 방식과 유사했다.

큰손답게 묶음으로 집어 드니 회사 입장에선 기쁨의 비명을 지르고 있었다.

[그렇게 봐…….]

[…….]

추만지 사장이 뭔가 말을 하려는데, 강윤이 조용히 그의 손을 맞잡았다.

'왜 그러십니까?'

'들어보는 것이 좋겠습니다. 중요한 말이 나올 것 같네요.'

아니나 다를까.

정한위 상무는 차분한 어조로 본론을 이야기했다.

[이번 시즌 한정으로 모델을 제의했었지만, 이번에는 정식으로 저희 백화점의 전속 모델을 제안합니다. 서로 좋은 관계가 될 수 있을 것 같습니다만.]

추만지 사장으로선 눈이 동그래질 제안이었다.

아예 날개를 달고 시작할 수 있다는 말 아닌가?

그는 생각할 것도 없다며 수락을 하려고 했는데, 강윤이 그의 손을 꼭 잡았다.

'이번에는 한번 튕기는 것이 좋겠습니다.'

'이 사장님.'

추만지 사장은 강윤의 배짱에 놀랐다.

사실 갑은 저쪽이다.

그런데 이런 제안을 튕긴다니.

추만지 사장은 강윤과 잠시 눈을 마주하다 이내 어깨를 늘어뜨렸다.

[……말씀에 감사드립니다. 하지만 ETM측과 의논을 하고 말씀드려야 할 것 같습니다.]

그 말에 정한위 상무는 선선히 고개를 끄덕였다.

[하긴. 중요한 이야기이니…… 천천히 생각하고 긍정적인 답, 기대하지요.]

그렇게 회의가 끝나고 ETM엔터테인먼트로 돌아가는 길.

차 안에서 추만지 사장은 강윤에게 조금 전 제안을 물린 이유를 물었다.

"혹여나 계약이 늦어지면 재주는 우리가 넘고 이익은 다른 곳이 챙기는 상황이 벌어질 수도 있습니다. 강시명, 그 작자 같이요. 물러나긴 했지만, 이유를 알고 싶네요."

그의 물음에 강윤은 운전대를 돌리며 답했다.

"ETM 측과도 이야기를 해야 하는 것도 있고, 계약 조건을 먼저 살펴야 하는 것도 있습니다. 우리 자신은 우리가 지켜야 하니까요. 이 제안이 좋은 건 맞지만, 추 사장님이 너무 서두르는 것 같아서 살짝 브레이크를 걸었습니다."

"흠, 충분히 서둘러도 될 만한 상황이었다고 봤습니다. 유커 이야기까지 나올 정도면 백화점에서 저희만을 보고 있다고 생각했으니까요. 그렇다는 건……."

"전 오늘 제안은 그쪽에서 저희를 떠보는 의도라고 생각합니다."

강윤의 말에 추만지 사장은 순간 꿀 먹은 벙어리가 되어버렸다.

"그쪽이 서두르니 추 사장님도 덩달아 끌려가는 모습이 보여서 조금 제동을 걸었습니다. 저희까지 서두르면 저들은 다이아틴의 몸값을 깎으며 유리하게 나오려 하겠지요. 저들은 이미 다이아틴의 효과를 톡톡히 봤습니다. 다른 모델로 갈 수가 없습니다."

"……."

"칼자루를 사장님이 쥐고 있는데, 왜 그걸 넘겨주려고 하십니까. 예랑과의 일 때문에 서두르고 싶은 마음은 알겠지만, 냉정을 찾으셨으면 합니다."

강윤의 일침이 효과가 있었는지 추만지 사장은 눈을 질끈 감았다.

차가 ETM엔터테인먼트에 도착할 때까지 침묵하던 그는 주차장에 들어서자 덤덤한 어조로 말했다.

"……생각해 보니 이 사장님 말이 다 맞군요. 제가 은연중에 예랑을 신경 쓰고 있었나 봅니다. 이미 이겨 놓은 싸움인데……."

주차를 마치고 차키를 뽑은 강윤은 키를 추만지 사장에게 건넸다.

"그럴 만도 합니다. 우린 책임자들 아닙니까. 우리에게 딸린 식구들이 몇인데…… 어깨에 진 무게가 막중하잖습니까. 여러 가지로 신경이 쓰일 만하지요."

"하하하. 이거 오늘도 한수 배우네요. 이 사장님은 역시 배울 게 많은 분입니다."

"아닙니다. 저도 추 사장님께 많이 배우고 있습니다."

"호오? 그렇습니까? 구체적으로 어떤 거?"

강윤은 입가에 장난기를 머금었다.

"남의 여자가 제일 예쁘다는 거?"

"푸흡."

차에서 내리며 추만지 사장은 가볍게 강윤의 어깨를 툭 쳤다.

일 이야기로 조금은 거친 대화를 나누었지만, 그 이후 두 사람은 더더욱 가까워졌다.

"……하아."

하야스 백화점의 이사실을 나오며 강시명 사장은 지끈거리는 머리를 부여잡았다.

"아니, 이 상황에서 대체 뭘 더 바라는 거냐고."

비서가 듣지 못하도록 한국어로 투덜거리며, 그는 입술을 질끈 깨물었다.

속에서 뭔가를 토해내지 않으면 끓어오르는 속을 도저히 주체할 자신이 없었다.

WINCLE이 모델로 나선 하야스 백화점도 확실히 고객이 늘어나면서 매출이 올랐다.

그러나 옆의 시얀 백화점은 '유커가 가는 곳'라는 호칭까지 들으며 발 디딜 틈도 없을 만큼 호황을 누리니…….

그래프 따위를 보지 않아도 어디가 더 나은지는 불 보듯 뻔했다.

1주가 지난 시점부터 하야스 백화점에서 강시명 사장을 보는 눈이 이상해지더니, 막바지에는 매우 불편한 뭔가를 본

것처럼 변해 버렸다.

"그래, 그래! 나도 싫다, 싫어!"

차를 타고 나서며, 강시명 사장은 창문을 닫아놓고 고래고 래 외쳤다.

도대체 어디서부터 잘못된 것이란 말인가!?

"그 짧은 시간에 다른 백화점과 계약을 한다고? 그게 가 능해?"

하야스 백화점이야 윤슬 외에 예랑과도 대화를 하고 있었 으니 가능하지, 도대체 시얀 백화점은 일을 그렇게 한단 말 인가?

기획서 검토만 해도 며칠이 걸리는 대작업이다.

팀 조직에, 결제에……

준비를 완료해 일에 돌입하려면 1달 이상이 걸린다.

"아무리 생각해도 시간이 안 돼, 시간이! 아니, 잠깐. 기획 서에 신이 내렸나? 한눈에 모두를 설득시킬 만한 기획서? 그리고 칼 같은 계산? 에이. 그게 가능해?"

혹시나 그 백화점에서 원하는 맞춤 기획서를 제출했다면 일말의 가능성이 있을…… 수도 있었다.

그게 말이나 쉽지.

결정권자에게 한눈에 들어야 하고, 팀들도 기획서대로 들 어맞아야 한다. 예산이야 말할 것도 없다. 기획을 한 사람이

아주 뛰어나지 않은 이상…….

그런데 그걸 해냈다?

"……추 사장한테 뒤통수 제대로 맞았네. 아니, 그 인간 솜씨가 아닌데. 대체 뭐야?"

그의 마음을 나타내듯, 그가 운전하는 차는 도로 위를 거칠게 요동쳤다.

♪ ♩♩ ♩♩♫ ♩ ♪

중국에서의 일을 성공적으로 마친 강윤은 한국으로 돌아왔다.

강윤을 직접 배웅한 추만지 사장은 출국장으로 들어서는 그에게 외쳤다.

"이 추만지, 받은 건 절대 잊지 않습니다! 다음엔 중국에서!"

강윤은 조금은 오글오글한 말에 손을 흔들며 답했다.

한국으로 돌아오니 한밤중이었다.

입국장을 나오는데 깊이 모자를 눌러 쓴, 익숙한 인영이 다가오고 있었다.

"너, 너!"

강윤의 눈이 휘둥그레졌다.

"······너, 얼마 전에 사고도······."

"에이. 괜찮아요. 일단 가요."

혹시라도 그녀를 사람들이 알아볼까, 강윤은 서둘러 주차장으로 향했다.

주차장에 가니 여자들이 가장 좋아한다는, 딱정벌레를 닮은 외제차가 기다리고 있었다.

짐을 싣는데 여인이 운전석에 앉으니 강윤의 눈이 왕방울만 해졌다.

"민아야. 이 차 하며······ 운전도 배웠어?"

모자를 벗어던진 그녀, 정민아는 활짝 웃으며 답했다.

"이런 소양은 필수지요. 저 운전 꽤 잘해요."

"······조금 불안한데."

"믿어보시라니까요."

두 사람이 탄 차는 천천히 주차장을 나섰다.

그런데 주차장을 나서 고속도로로 들어섰는데도 이상하리만치 차에 속력이 붙지 않았다.

뒤에 붙어 따라오던 차들이 하나둘씩 추월하는 상황이 벌어졌다.

"좀 더 밟아야 하지 않을까?"

"······아, 알아요."

"······."

그제야 강윤은 등골이 오싹해졌다.

운전대를 잡은 두 손, 앞으로 숙인 몸까지.

전형적인 초보운전이었다!

게다가 시간은 밤.

"민아야. 라이트 켜야지."

"라이트, 어, 어디에 있지?"

"……그건 와이퍼잖아."

"어어? 아저씨!"

강윤은 당황하기 시작한 정민아를 진정시켰다.

"괜찮으니까 진정해. 와이퍼 반대편에 라이트가 있을 거야."

"이, 이쪽이요?"

정민아는 왼쪽 깜빡이를 켰다가 다시 원래대로 돌리는 등의 실수를 반복하더니 드디어 라이트를 찾았다.

"찾았어요!"

"잘했어. 이제 조금씩 속력을 올려봐."

조금씩 자신감이 붙기 시작한 정민아에게 강윤은 '졸지에 운전교습'을 시작했다.

시간은 조금 걸렸지만 두 사람이 탄 차는 서울로 진입했다.

운전에 여유가 붙었기에 강윤은 그녀와 사적인 대화를 나눌 수 있었다.

"어디 아픈 곳은 없어?"

"당연하죠! 제가 누군데요."

"그렇게 자신만만하지 말고. 아픈 데 있으면 바로 이야기해. 교통사고 후유증은 언제 나타날지 모르니까."

"네."

강윤과 대화를 나누니, 정민아는 신이 났다.

차라는 둘만의 공간.

이현지 몰래 공항까지 간 보람이 있었…….

"오늘은 이사님한테 나오지 말라고 신신당부를 했는데. 어떻게 나온 거야?"

"그게요, 몰래…… 이사님 핸드폰을 봤거든요."

"뭐라고? 이떻게?"

"이사님이 은근 허당끼가 있어요. 비번도 안 거시니까."

강윤은 한숨을 쉬었다.

이현지에게만 몇 시에 간다고 말했지 누구에게도 말한 적이 없었으니 말이다.

"오늘 마중 나와 줘서 고맙지만, 앞으로 이런 위험한 행동은 안 해줬으면 좋겠어. 부탁이야."

"싫은데요."

"민아야."

그럼 계속 받기만 하라고?

이런 작은 것도 하지 말라니.

그녀는 입술을 삐죽였다.

"……받기만 하면 언제 진도를 빼냐고요."

"뭐라고? 못 들었…… 어어? 핸들, 핸들!"

"어어!"

두 사람이 집으로 향하는 길은 10%의 훈훈함과 90%의 험난함으로 이루어졌다.

다음 날.

강윤은 이른 시간에 월드엔터테인먼트로 출근을 했다.

그동안 처리하지 못한 일들을 처리하기 위해서였다.

아무도 없는 사무실에 불을 켜고 자리에 앉으니, 책상 위에 웬 서류 하나가 놓여 있었다.

'응? 무슨 악보지?'

강윤은 '이현아 작곡, 이희윤 편곡'이라는 악보와 함께 놓여 있는 USB를 발견하고는 바로 컴퓨터에 꽂았다.

'호오?'

스피커를 통해 새하얀 빛이 흘러나오기 시작하자 강윤의 눈이 가늘어졌다.

7화 다가올 여름의 준비, 그리고 도약

'좋은 곡이네.'

강윤은 스피커에서 나오는 음표가 만드는 새하얀 빛을 보며 생각에 잠겼다.

피아노로 시작하는 잔잔한 전주에 기타 같은 일반적인 악기가 아닌, 다른 현악기들의 소리가 한층 부드러운 음악을 만들어갔다.

ㅡ나흘에는 어둠이 깔리고 오일에는 눈물만 흘렸어~

지금까지 이현아가 불러왔던 하얀달빛의 밝은 음악과는 완전히 다른, 잔잔한 발라드였다.

그녀의 음색과 편곡이 어우러져 듣기 좋은 음악을 만들어 냈지만, 너무도 담담한 음악이 마음에 걸렸다.

'조금 힘을 실어야 하지 않을까?'

하루에도 수많은 곡들이 나오는 시대였다.

조금이라도 눈에 띄기 위해, 음악도 임팩트를 더해 갈 필요가 있었다.

이 노래는 정말 듣기 좋았지만, 사람의 마음을 자극하는 무언가가 없었다.

'하얀빛이니 통하긴 하겠지만…… 뭔가 찝찝하군.'

강윤은 음악을 몇 번이나 들으며 고심했다.

하지만 쉽게 갈피를 잡기가 힘들었다.

이전 같으면 하얀빛의 음악이면 바로 음반을 내자고 했겠지만, 높아진 시야가 그것을 가로막았다.

그가 음악으로 고심하는 사이, 사무실 문이 열리며 이현지를 비롯한 사무실 사람들이 출근했다.

모처럼 보는 강윤과 반갑게 인사를 마친 사무실 사람들은 각자 커피와 차를 들고 자리에 모여 앉았다.

"고마워요."

강윤은 정혜진이 탄 커피를 받아 들고는 자리를 비웠을 동안의 회사에 대해 물었다.

이현지는 몇몇 연예인들의 스케줄 이야기를 한 후, 중요한 이야기를 꺼냈다.

"이틀 전에 AHF 방송국의 여한기 PD를 만났었어요."

"생각보다 빠르네요. 그쪽에서 직접 연락이 왔었나요?"

한국으로 돌아오기도 전에 연락이 오다니.

강윤은 놀랐다.

이현지는 고개를 끄덕이며 말을 이어갔다.

"네. 후덕한 인상을 가진 분이었어요. 여의도에서 만나서 가볍게 술 한 잔 하면서 친해졌죠."

"하하하. 이사님. 좋은 소식 들을 수 있는 겁니까?"

강윤이 농담조로 이야기하자 이현지는 아쉽다는 미소를 지으며 고개를 흔들었다.

"……제 스타일은 아니었어요. 중요한 건 그게 아니

고…… 여 PD는 지금까지 예능에 거의 출연하지 않았던 사람들을 섭외하고 싶어 하더군요."

"그렇습니까. 필요하다면 우리가 먼저 나섰어도 됐을 것 같네요."

"그랬을지도 모르지만, 시간을 아낄 수 있었잖아요. 여 PD는 사람들의 로망을 자극하는 컨셉으로 기획을 하고 있었어요. 우리 연예인으로는 은하를 원하더군요."

"지민이라…… 생각해 봐야겠군요."

거의 노래만으로 승부를 해온 김지민이기에 강윤은 신중한 입장이었다.

이후 강윤은 정혜진과 유정민에게 루나스의 운영, 연예인 스케줄 등 여러 가지 안건들에 대해 털어놓았다.

"정민 씨."

"네!"

이현지의 부름에 바짝 기합이 든 유정민이 몸을 바짝 세웠다.

"사장님께 그거 이야기해 드려야죠."

"그거라면…… SBB 방송국의 김덕중 PD님에게 연락 온 거 말씀이십니까?"

이현지가 말없이 고개를 끄덕이자 유정민은 침을 꿀꺽 삼켰다.

'으……..'

강윤은 편안한 표정을 하고 있었지만, 이상한 위압감이 있었다.

그걸 알았는지 강윤이 부드러운 어조로 말했다.

"편안하게 말해도 괜찮아요. 안 잡아먹으니까."

"하하하."

분위기가 한결 풀어지자, 유정민은 긴장이 조금 풀렸는지 자리에서 일어났다.

"앉아서 해도 괜찮은데……."

"괜찮습니다. 이게 편합니다."

강윤은 상당한 기간이 지났어도 기합이 바짝 든 유정민의 모습에 웃음이 났다.

"김덕중 PD에게서 이틀 전에 연락이 왔습니다. 저, 그…… 하얀달빛에 관한 내용으로……."

"편안하게 해도 괜찮아요."

"네, 네! 그게, 이번에 그 PD님이 새롭게 드라마를 하는 중인데 OST로 하얀달빛의 곡을 수록하고 싶다고 연락이 왔습니다."

"어떤 작품인가요?"

"그…… 그게……."

유정민이 긴장감에 보고를 제대로 못했지만, 아무도 뭐라고 하지 않았다.

강윤이 기다려 주니 모두가 차분히 그를 배려해 주었다.

잠시 후.

유정민은 안정을 찾고 또렷한 목소리로 말을 이어갔다.

"'가장 빛나는 날'이라는 작품입니다. 현재 시청률 5.3%로 수목, 밤 10시에 하는 드라마입니다."

"시청률은 낮군요. 흠, 어떻게 해야 할까요?"

강윤이 여전히 유정민을 바라보자 그는 다시 긴장했다. 하지만 이전처럼 떨지 않고 자신의 의견을 이야기했다.

"시청률은 낮지만 등장인물의 심리묘사나 개연성, 연출이 뛰어난 드라마라 평가받고 있습니다. 같은 시간대의 드라마들은 자극적인 소재로 인기를 얻고 있지만, 이 드라마는 특정 마니아를 형성하고 있습니다. 오히려 마니아들로 인해 검색어도 요동치고 있습니다."

보고를 모두 들은 강윤은 턱에 손을 괴었다.

"마니아층이라…… 우리로서는 오히려 더 나을 수도 있겠군요. 정민 씨, 수고했어요."

"감사합니다!"

유정민은 강윤에게 고개를 90도로 숙이고는 자리에 앉았다.

그 외 다른 안건들도 귀담아 들으며 강윤은 중요한 것들은 기록했다.

파인스톡과의 음악 서비스에 대한 이야기는 크게 진전이 없었지만, 다른 일들은 진전된 것들이 많았다.

특히, 인문희의 일본 데뷔를 위해 일본 기획사와의 협의가 크게 진전되어 있었다.

"이번에 문희 씨 데뷔 건으로 협력하기로 한 A-Trust와 시기를 조율해 봤어요. 올해 여름에 맞춰 앨범을 내는 것이 어떻겠냐고 이야기를 하더군요. 이번 골든위크(일본의 연휴)에 그곳 이사가 여기로 방문을 하겠다더군요."

"거기서도 적극적으로 나오는군요."

"사장님의 이름값이 꽤 된다는 거, 아닐까요? 주아가 워낙 히트를 쳤어야죠."

이현지의 말에 강윤은 어깨를 으쓱였다.

"비행기 너무 태우시면 힘듭니다. 아무튼 저희도 본격적으로 준비를 해야겠네요."

"네. 여유 있게 겨울에 내는 건 어떨까 하는 생각도 있었지만…… 너무 길어져 봐야 좋을 게 없을 것 같아서요. 그래서 일정을 여름에 맞췄어요."

강윤은 만족한 미소를 지으며 고개를 끄덕였다.

"알겠습니다. 그동안 고생하셨습니다."

"아니에요. 그나저나 이번 싱글앨범을 누가 낼지 그걸 정

하지 못했어요. 모두가 워낙 적극적으로 나와서. 사실 곡을
준 건 현아 씨밖에 없긴 한데…… 곡 들어보셨나요?"

"네. 좋은 곡이더군요."

"준비해 둘까요?"

"네. 아무래도 바쁘게 움직여야 할 것 같네요."

회의를 마치고, 강윤은 하얀달빛의 연습실로 향했다.

연습실에는 이현아가 홀로 신디사이저를 치며 목을 풀고
있었다.

"아, 사장님."

"오랜만이네. 잘 있었어."

"네. 안녕하세요."

이현아에게 오랜만에 보는 강윤은 조금 어색하게 느껴
졌다.

하지만 그녀는 최대한 티를 내지 않으려 노력했다.

강윤도 그녀의 마음을 알았는지 얼굴에 티 나지 않게 그녀
를 배려했다.

"노래 들어봤어."

"……어땠어요?"

"좋더라고. 반주와 네 목소리가 아주 잘 어우러졌어. 하지
만……."

중요한 말은 뒤에 있었다.

이현아는 침을 꿀꺽 삼키며 강윤의 말에 집중했다.

"전체적으로 밸런스가 아쉽더라."

"……그래요? 밸런스라…… 어떻게 하면 될까요?"

강윤은 펜을 들어 그래프 같은 선을 그렸다.

이현아는 눈을 크게 뜨고 그의 말을 귀에 담았다.

"기승전결이 중요해. 승은 괜찮아. 먼저 기. 초반 인트로 부분에서 약간의 임팩트가 있었으면 좋겠어. 잔잔한 분위기 속에 눈을 뜨게 해줄 뭔가가 말이지. 그리고 전에서 분위기를 전환시켜 줄 뭔가가 필요할 것 같아. 편곡은 희윤이가 한 거지?"

"네. 저도 함께했고요."

"그러면 마무리도 같이 하는 것이 좋겠다. 아예 소영하고 같이 마스터링까지 해봐. 난 작업이 끝나자마자 음반을 출시할 수 있도록 준비할 테니……."

"네."

할 말을 마친 강윤은 자리에서 일어났다.

그가 문을 나서려는데, 이현아가 강윤을 잡아 세웠다.

"왜 그러니?"

"그게……."

"더 필요한 것 있니?"

강윤이 부드러운 얼굴로 물었지만, 이현아는 소매를 잡은 손을 힘없이 내리며 고개를 흔들었다.

"……아니에요. 잊어버렸어요."

"이런. 나중에 생각나면 말해줘."

"네."

강윤이 나가고, 이현아는 닫힌 문을 보며 힘없이 중얼거렸다.

"……저 오빠는 아무렇지도 않나. 하아."

그녀의 한숨소리가 스튜디오를 떠나갈 듯 메워갔다.

♪ ♫♪♪♪♪♫♫♪♪ ♪

휴가를 마치고, 에디오스 멤버들이 돌아오니 다시 숙소는 북적였다.

넓은 숙소에서 홀로 외로워했던 정민아를 위해 멤버들은 각자 선물을 하나씩 사들고 왔다.

"한유야! 고마워!"

정민아는 서한유에게서 새 트레이닝복을 받고 입이 귀에 걸렸다.

그녀는 그 자리에서 옷을 갈아입었다.

핑크빛의, 몸에 딱 맞는 핏이 그녀의 마음을 단번에 사로잡았다.

"여기 내 것도 있지롱~"

"오올!"

크리스티 안도 정민아에게 작은 박스를 내밀었다.

정민아가 놀란 눈으로 개봉해 보니 향수였다.

"……땀내는 지우고 다녀야 할 것 아냐."

"말을 해도…….

선물을 줘도 투덜거림은 여전했다.

이삼순은 특산물이라며 소고기를, 한주연은 구두를 건네 니 정민아는 날아갈 듯한 기분을 느꼈다.

그리고 마지막으로 에일리 정의 차례가 되었다.

"……민아야. 이거."

에일리 정은 수줍은 표정으로 작은 박스를 정민아에게 내 밀었다.

"이거 립스틱이야?! 다 떨어졌었는데! 고마워."

"아니야. 헤헤헤."

에일리 정은 얼른 뜯어보라며 손짓했다.

"어? 립스틱이네? 이거 몇 호야? 발색 봐. 완전 특이하다."

옅은 분홍색을 띄는 화사한 립스틱이 그녀의 마음을 사로 잡…….

"어? 잠깐. 이거 감촉이 왜 이래?"

립스틱을 입술에 칠하던 정민아는 이상한 감촉에 고개를

갸웃했다.

딱딱해야 할 립스틱에서 몰캉하면서 단단한, 묘한 감촉이 느껴지는 것이 아닌가?

그녀는 고개를 갸웃하다 무심결에 립스틱을 돌렸다.

지이이이이잉–!

"아아악! 이거 뭐야!"

갑자기 흔들리는 립스틱에 놀란 정민아는 손에 든 물건을 던져 버렸다.

다른 멤버들도 느닷없는 소리에 놀라 눈이 휘둥그레졌다.

"뭐, 뭐야?!"

바닥에 떨어진 립스틱이 홀로 바닥에서 춤을 추는 상황이 펼쳐졌다.

선물이라며 건넨 에일리 정도 어이없는 상황에 놀랐는지 토끼 눈이 되었다.

크리스티 안이 바닥에 떨어진 립스틱을 집어 들고는 이리 저리 살펴보다가 황당함에 얼굴이 일그러졌다.

"자, 잠깐! 이, 이거, 그…… 그거잖아?!"

"그거라니?"

한주연을 비롯한 이삼순도 호기심에 고개를 갸웃했다.

크리스티 안이 립스틱을 돌리자 진동이 멈췄다.

"자, 봐."

그녀가 다시 립스틱을 돌리니 문제의 물건은 징징 소리를 내며 춤을 추기 시작했다.

"……그거 있잖아. 어른들의 장난…… 감."

"자, 잠깐. 뭐, 뭐어?!"

몇몇 눈치 빠른 멤버들은 당혹감, 황당함에 눈이 휘둥그레졌다.

심지어, 막내 서한유마저 입이 쩌억 벌어졌다.

어른들의 장난감…….

요새는 진짜와 가짜도 구분하기 힘들다더니!

하지만 정작 원인을 제공한 에일리 정은 모르는 일이라는 듯, 얼굴이 새빨개져 있었다.

"나, 나, 난 모, 모르는 일이야! 어, 언니들한테 부, 부탁해서 사, 사온 건데……!"

그러나 다른 멤버들의 의심하는 눈초리는 쉽게 사그라지지 않았다.

"……저 순진한 눈 밑에 대담함을 감추고 있었어."

"존경한다, 친구."

"……굿."

서한유와 정민아를 제외한 모두가 한마디씩 하니 에일리 정은 억울하다며 소리를 질렀다.

"아니라구우우우우~~!"

친구가 억울한 비명을 지르고 있을 때.

정민아는 크리스티 안에게서 문제의 립스틱(?)을 받아 들고는 전원을 껐다 켰다 하며 신기하게 바라보았다.

"릴리야. 이거, 대고만 있으면……."

"야!"

19금으로 들어서는 문턱에서, 모두가 다급히 정민아를 끌어내렸다.

봄비가 부슬부슬 내리는 5월의 어느 날.

강윤과 이현아는 SBB 방송국의 회의실에 있었다.

"감사합니다."

여성 AD가 타온 커피를 받은 이현아는 가볍게 고개를 숙이며 감사를 표했다. 강윤도 커피를 마시며 AD와 이야기를 나누는데, 김덕중 PD와 야구모자를 쓴 강정식 CP가 회의실 문을 열고 들어섰다.

서로 간단하게 인사를 하고, 네 사람은 곡에 대한 이야기를 시작했다.

"……지난번 불미스러운 일이 있었음에도 긍정적인 뜻을 보여주시니 다시 한 번 감사드립니다."

김덕중 PD는 강윤에게 고개를 숙였다.

외압 때문에 드라마 중간에 삽입 OST를 바꾸는 곤욕을 치렀던 기억이 아직도 새록새록 했다. 그런 일을 겪었음에도 다시 곡을 준다는 강윤이 그로서는 고마웠다.

"과거 이야기를 또 해서 뭐하겠습니까."

"……그렇게 말씀해 주시니 감사합니다."

김덕중 PD가 강윤과 화기애애한 분위기를 연출할 때, 강정식 CP가 야구모자를 고쳐 쓰며 본격적으로 곡에 대한 이야기를 시작했다.

"좋은 곡을 보내주셔서 감사합니다."

"그렇게 말씀해 주시니 감사합니다."

"저희도 많은 고민을 했습니다. 사실, 이번에 두 개의 곡 중 어떤 곡을 드라마에 넣을지 고민을 하던 중이었습니다."

김덕중 PD의 눈이 왕방울 만해졌다.

사실 그런 일은 전혀 없던 이야기였기 때문이었다.

'선배님.'

'가만히 있어봐. 기왕 쓸 거, 비용은 최대한 절감해야지.'

상황이 묘하게 흘러가기 시작했다.

김덕중 PD는 불안한 표정으로 강윤과 선배를 번갈아보며 속을 졸였다.

다른 후보곡이 있다는 이야기는 이현아로서는 금시초문이

었다.

'사장님.'

그녀는 강윤의 옷깃을 붙잡으며 불안한 모습을 보였다.

앞뒤가 맞지 않는 말에 강윤은 속으로 코웃음을 쳤다.

'곡 이용료를 깎으려는 거군.'

돈 문제는 언제나 사람을 힘들게 만든다.

많은 문제가 이 때문에 발생한다.

계약서에 서명하기 위해 방송국에 오니 다른 후보곡이 있다고 말하는 심보는 뭔지.

지난번, 하얀달빛의 OST로 드라마가 큰 수혜를 입은 건 기억하지 못하는지…….

강윤은 자신의 가수가 이런 식으로 취급당하는 것이 싫었다.

"오기 전에 듣던 이야기하고는 완전히 다르군요."

감정을 좀처럼 드러내지 않는 강윤이었지만, 불쾌한 마음을 숨기지 않았다.

강정식 CP도 묘한 어조로 답했다.

"회사의 일이니까, 저희도 어쩔 수 없었습니다. 더 좋은 걸 선택해야 하는 입장을 이해……."

"그럼 선택하시기 편하도록 저희가 포기하겠습니다. 그럼."

강윤은 더 말할 필요도 없다는 듯, 자리에서 일어났다.

이현아마저 두 사람에게 고개만 가볍게 숙이고는 강윤을 따라나서자, 김덕중 PD가 머리를 부여잡았다.

"……선배님."

"월드 사장이라는 사람, 뭐냐? 내 속뜻을 못 알아먹은 거야?"

강정식 CP는 어안이 벙벙해졌다.

한 엔터테인먼트의 사장이라는 사람이 이만한 눈치도 없다니!

하지만 김덕중 PD의 생각은 조금 달랐다.

"저 사람은 원래 저런 사람입니다. 노래로 흥정하는 걸 아주 싫어하는 사람이죠."

"하, 원래 이 바닥 사장들은 다 장사꾼 아냐? 얼마나 가지고 있는 상품을 비싸게 파냐, 이거잖아? 그런데 저 사람은 뭐야? 저런 초딩 같은 마인드를…… 하!"

강정식 CP는 기가 막혀 혀를 찼다.

그런데 더 기가 막힌 상황은 지금부터였다.

"너, 어디 가냐?"

"……잡아야죠."

"에? 왜? OST 할 만한 게 저 사람들 거 하나밖에 없냐? 차라리 인디 애들 거라도 찾아보면……."

김덕중 PD는 서둘러 문을 나서며 답했다.

"전 이번에 이현아의 노래에 꽂혔습니다. 어쩔 수 없겠습니다. 여기서부터는 제가 알아서 하겠습니다."

문이 거칠게 닫히고, 강정식 CP는 입술을 질겅질겅 씹었다.

"······요즘 애들은 진짜 버릇이 없어."

한편, 강윤은 방송국을 신기해하는 이현아 탓에 천천히 복도를 걷고 있었다.

"······TV에서 나오는 대기업 같아요. 몇 번을 봐도 신기해요. 아, 촬영하는 거 구경 가고 싶다. 스튜디오는 위에 있어요?"

"그건 참아줘."

조금 전, 강윤과 강정식 CP의 대립을 봤음에도 이현아는 태평했다.

정확히는······.

'······여전하네.'

강윤과 함께하는 시간이 좋았기에 그랬을지도 몰랐다.

감정을 정리하는 일이 쉬운 것은 아니었으니.

두 사람이 엘리베이터 앞에서 대기하고 있을 때, 저 멀리서 두 사람을 부르는 소리가 들려왔다.

"사장님, 이강윤 사장님!"

강윤이 돌아보니 김덕중 PD였다.

그는 어찌나 급히 달려왔는지 두 사람에 앞에 멈추고는 급히 숨을 들이켰다.

"헉, 헉……."

"……여기요."

이현아가 손수건을 내밀자 김덕중 PD는 감사를 표하고는 바로 용건을 이야기했다.

"아까 저희 선배님이 본의 아니게 무례를 범했습니다. 제가 대신해서 사과드립니다."

그러자 강윤은 괜찮다며 손을 저었다.

"아닙니다. PD님이 하신 일이 아니잖습니까."

"이해해 주시니 감사합니다. 후, 거두절미하고 말씀드리겠습니다. 전 여기 현아 씨의 곡을 OST로 쓰고 싶습니다."

그 말에 강윤이 살짝 인상을 썼다.

"그 이야긴 아까 끝나지 않았습니까. 다른 곡이 있는데, 굳이 현아의 곡을 선택하실 이유가 있을까 합니다만."

"그건…… 하아."

강윤이 이런 말을 괜히 할까.

김덕중 PD는 속으로 일을 꼬아버린 선배를 욕하며 답했다.

"……저희 드라마 시청률이 얼마나 나오는지 아시잖습

니까."

강윤은 쓴웃음을 지었다.

시청률이 낮음에도 이현아의 곡을 김덕중 PD의 드라마로 내겠다는 이유는 드라마의 분위기가 곡과 잘 들어맞았고, PD가 곡을 잘 활용할 것이라는 믿음이 있었기 때문이었다.

김덕중 PD는 말을 이어갔다.

"사장님도 아시겠지만, 저희가 팬층은 탄탄히 구축하고 있습니다. 오히려 시청률이 높은 다른 드라마보다 더 화제가 되고 있지요. 그것 때문에 저희 드라마를 선택하신 것 아닙니까?"

"……그렇지요. 거기에 PD님의 우직함을 믿었습니다. 그런데 자꾸 이런 불미스러운 일이 생기니 염려가 됩니다. 지난번처럼 중간에 OST가 변경되는 일이 또 없으리란 법도 없으니까요."

"이번에는 조항으로 적어드리겠습니다."

그러나 그것으로 강윤은 만족하지 않았다.

이후, 세 사람은 자리를 다시 회의실로 옮겼다.

강윤은 애초에 생각했던 곡의 비용보다 더 높게 가격을 부르는 만행 아닌 만행을 저질렀다.

이현아의 눈이 커다래진 건 말할 것도 없었다.

"곡 사용료가 조금……."

김덕중 PD는 은연중에 불만을 표했지만, 강윤은 웃으며 답했다.

"예전의 현아와 지금의 현아는 다르니까요."

"그건 그렇지만…… 하긴, 위치가 다르지요. 그래도 몇 배를 부르시진 않는군요. 그런 경우도 많은데."

"앞으로 한두 번 볼 사이는 아니잖습니까."

강윤과 김덕중 PD는 악수를 하며 OST 계약을 잘 마무리했다.

1주일 후.

저녁 10시.

강윤은 희윤, 김재훈과 함께 모처럼 거실에서 TV를 켰다.

김재훈이 콘서트 성공 기념으로 구입한 거대한 TV에서 한창 광고가 흘러나오고 있었다.

"아, CF 하나 안 들어오나……."

현재 가장 잘나간다는 여배우가 찍은 핸드폰 CF를 보며, 김재훈이 무심결에 말을 내뱉었다.

그러자 강윤이 피식 웃었다.

"갑자기 웬 CF?"

"가끔은 기분 전환도 해야죠."

강윤의 옆에 앉은 희윤이 사과를 집으며 말했다.

"재훈 오빠는 CF로 기분 전환?"

"하하하. 정답."

대화를 나누고 있는 사이, 드라마 '가장 빛나는 날'이 시작되었다.

요즘 트렌드에 맞지 않게 재벌이나 성공한 사람 등은 나오지 않았다. 그러나 남자 영화감독과 여자 작가가 영화촬영을 위해 만나면서 벌어지는 에피소드를 중심으로 애정관계, 인간관계 등을 심층적으로 다루어 호평을 받고 있었다.

특히 희윤은 광팬이라는 걸 인증하듯, 아예 소파 하나를 차지하고 제대로 누워 있었다.

"어어어! 지완이가 저러면 안 되지!"

희윤은 남자 주인공 지완이 여자 주인공 지율보다 다른 여자 캐릭터에게 몰입하는 모습을 보며 눈에 쌍심지를 켰다.

얼마 지나지 않아 지율이 지완에게 어필을 할까 말까 고민하며 옷을 고르는 장면이 나오니⋯⋯.

"어휴! 그런 펑퍼짐한 바지 말고! 그런 옷 입으면 지완이 못 꼬신다니까!"

희윤의 아줌마스러운 모습이 충격이었는지, 김재훈은 강윤에게 속삭였다.

'형, 희윤이한테 이런 모습이 있었어요?'

'⋯⋯원래 드라마 마니아였어.'

몸이 약했을 시절, 할 수 있는 몇 안 되는 것 중 하나가 드라마 시청이었다.

강윤으로선 씁쓸하기도 한 기억이었지만, 오랜만에 보니 웃음이 나왔다.

그때, 지율이 처음 입는 치마와 머리까지 하고 지완을 찾아가는 씬이었다.

그러나 지완의 옆에는 다른 여자가 있었다.

―아…….

차마 다가서지 못하고 지율은 돌아섰다.

그와 함께, TV에서 음악이 흐르기 시작했다.

―슬픈 노래의 가사는 모두 내 말이 되고~ 영화 속 삼류 사랑 이야기는 내 스토리~

이현아의 OST '시간은 흐르고'였다.

지율이 몇 번이나 다가서려다 못 하는 모습과 이현아의 노래가 어우러지자 좋아하는 사람에게 다가서지 못하는 안타까움을 제대로 보여주었다.

"……흑."

아줌마처럼 드라마를 보던 희윤도 어느새 눈물을 보이고 있었다.

김재훈도 눈을 껌뻑이며 드라마에 몰입하고 있었다.

'됐어.'

좋은 예감이 들어 강윤은 주먹을 불끈 쥐었다.

간밤에 내리던 봄비가 그친 아침.

정민아는 연습에 가기 위해 샤워를 한 후, 수건 한 장을 걸치고 욕실에서 나왔다.

"아, 개운해."

그녀는 부엌으로 간 후, 전날 갈아놓은 마즙을 단번에 원샷했다.

이제는 천천히 몸매 관리에 들어가라는 강윤의 말을 들었기 때문이었다.

간단하게 아침을 먹고 거실로 나오는데, 이삼순이 소파에 앉아 책을 보고 있었다.

"오늘 촬영하는 날 아니었어?"

"모레로 미뤄졌어. 눈이 너무 많이 와서 당장은 무리래."

"……강원도는 하여간 이상한 동네야. 봄에 눈이래니."

두 사람이 그렇게 대화를 나누고 있는데, 시끌벅적한 소리가 들려왔다.

서한유가 프로듀싱 장비들을 설치한 방에서 나는 소음이었다.

정민아는 고개를 절레절레 흔들었다.

"한유는 저기에 아주 재미 들렸나 봐."

"그런 것 같아. 프로듀싱? 마스터링? 조금씩 조절할 때마다 다 다르게 들린다네. 오늘은 소영 언니하고 지민이까지 왔어."

"소리도 없이 언제 왔어? 뭐하고 있는데?"

"지민이 노래 만든다네. 사장님 놀래켜 줄 거라며 단단히 벼르고 있어."

"……그래?"

작곡에 크게 관심이 없던 정민아는 알겠다며 자리에서 일어났다.

그때, 현관을 달리듯 나서는 이가 있었다.

"리스. 어디 가?"

"어? 나 먼저 나간다!"

정민아의 물음에 급히 현관문을 열며 그녀는 외쳤다.

"네 차 좀 쓸게!"

"뭐? 야!"

뜬금없이 출현한 곽모(?)씨를 잡기 위해, 정민아는 신발도 제대로 신지 못하고 현관을 달려 나갔다.

–파인스톡, 뮤직 페이지.

속삭이듯 밀려오는 한 대의 피아노 선율 위로 '하루, 이틀……'이라는 가사가 던져지면 듣는 이도 시간을 되뇌이며 노래에 빨려 들어가는 기분을 느끼게 된다. 체념한 듯 툭툭 던지는 그녀의 목소리에는 공감의 힘이 숨겨져 있다.

"그동안 저는 신나는 음악으로 즐거움을 드리려 노력했어요. 하지만 이번에는 사랑에 힘들어하는 여자의 마음을 담담하지만 애절하게 드러내고 공감하고 싶었어요. 저희 사장님은 내뱉는 숨이 노래를 더 애끓게 만든다고 하시더라고요."

그에게 속삭이듯, 외치는 한마디.

그래서 '시간이 약이 될까 사랑에 아픈 마음 결국 사랑은 이런 걸까'라는 가사는 비로소 이현아를 만나 한 여인의 이야기가 되었다……

"으으~~ 오글오글!"

파인스톡 페이지에 올라온 이현아에 대한 매거진을 읽으며 김진대는 장난기 어린 얼굴로 손을 오므렸다.

이현아도 같은 생각이었지만, 상대가 이렇게 나오니 원하는 대로 반응하지 않았다.

"왜, 부럽냐?"

"그, 그럴 것 같……."

이차희는 이현아 편이었다.

"부러운 거네."

"……."

김진대는 입술을 삐죽거렸다.

사실 부러운 마음도 있었다. 하얀달빛이 아닌, 이현아라는 개인으로 앨범을 낸 것이 서운한 마음도 들었고.

그 마음을 알았는지 이차희가 말했다.

"사람들 반응도 좋고, 차트도 4일째 1위지?"

"응."

"축하해. 그런데 아쉽기도 해. 우리랑 같이 한 게 아니라서."

"그건…… 미안. 하지만 이번 곡만은 혼자 하고 싶었어. 이유가 있었거든."

차마, 실연에 따른 상처 때문에 만든 곡이라고는 이야기할 수 없었다.

그래도 이차희는 더 캐묻지는 않았다.

김진대도 이차희와 같은 의견이었다.

"다음에는 같이 했으면 좋겠어. 쳇. 혼자만 잘나가고."

"하여간, 너무 솔직한 것도 문제야."

하얀달빛 멤버들이 대화를 나누고 있을 때, 노크 소리가 들리더니 강윤과 이현지가 들어왔다.

자유롭게 앉아 있던 멤버들은 자리에서 일어나 두 사람을 맞았다.

이현지는 모두에게 앉으라고 권한 후, 용건을 이야기했다.

"현아 씨. 수고했어요."

"감사합니다, 이사 언니."

"아니에요. 사실 따로 불러서 말을 하려다……."

이현지는 강윤을 가리켰다.

바통을 넘겨받자 강윤은 모두를 바라보며 운을 뗐다.

"현아만 신경 쓰는 건 아닌지, 그런 생각을 하고 있을까 봐."

그러자 김진대가 펄쩍 뛰었다.

"아, 아닙니다! 그, 그럴 리가요!"

이차희와 정찬규도 침묵했다.

강윤은 차분히 말을 이어갔다.

"이 바닥에 만약은 없지만, 그래도 현아가 단언했어. 다음 부터는 모두가 함께 작업을 했으면 좋겠다고."

강윤의 말에 하얀달빛 멤버들의 눈이 이현아에게로 집중되었다.

반면, 이현아는 눈을 가늘게 떴다.

"사, 사장님. 그 말 하지 않기로……."

"그러니까 이상한 마음 가지지 말고. 알았지?"

"네!"

할 말을 마친 강윤과 이현지가 밖으로 나가고, 김진대는 이현아의 머리를 끌어안았다.

"요, 깜찍한 것!"

"아, 진짜. 덥다고. 차희야. 좀 말…… 꺅."

하지만 평소라면 말렸어야 할 이차희마저 이현아를 끌어안았다.

거기에 정찬규마저…….

"모두…… 미안."

"앞으로…… 잘 해보자."

모두의 마음이 더 단단히 뭉치는 순간이었다.

한편, 강윤과 이현지가 사무실로 돌아가니 정장을 입은 두 남녀가 소파에 앉아 그들을 기다리고 있었다.

정혜진과 유정민은 두 손님에게 정중히 차와 잡지까지 내주며 접대를 하고 있었다.

"사장님. 손님 오셨습니다."

정혜진은 평상시에는 잘 하지 않던 정중한 인사를 보였다.

강윤은 손님들에게 다가가 일본어로 인사를 건넸다.

[안녕하십니까. 이강윤입니다.]

[오.]

정장을 입은 작은 키의 남성은 강윤의 손을 맞잡으며 활짝
웃었다.

[A-Trust의 코지마 마코토라고 합니다. 주아의 프로듀서를 이렇
게 만나게 되다니…… 반갑습니다.]

이현지도 여자와 인사를 나누었다.

[A-Trust의 츠카사 미사입니다. 코지마 씨와 함께 이번에 계약
할 인문회 씨를 만나러 왔습니다.]

[이현지입니다. 잘 부탁해요.]

모두가 웃고 있었지만, 네 사람의 눈에서는 경계의 눈빛도
함께 쏘아졌다.

to be continued

8클래스 마법사의 회귀

인류 최초의 8클래스 마법사 이안 페이지.
배신 끝에 30년 전으로 돌아오다.

설령 세상이 무너지는 한이 있더라도.
상상을 초월한 적이 눈앞에 나타나더라도.
지키고픈 이들을 반드시 지켜낼 수 있는 힘.

'그 힘이 적당할 필요는 없어.'

소중한 이들을 지키기 위한,
8클래스 이안 페이지의 일대기!

강화학개론

빈형 게임 판타지 장편소설

[+15 조보자용 하급 단검 강화를
성공했습니다!!]

사고와 함께 찾아온 특별한 능력.
남들이 메인 시나리오 퀘스트를 쫓을 때
한시민은 강화 명당을 찾는다!
가상현실 게임 '판타스틱 월드'에서의 강화를 위한 모험!

"아, 빌어먹을. 9강부터 이 X랄이네."

그 유쾌하고 통쾌한 이야기가 시작된다!

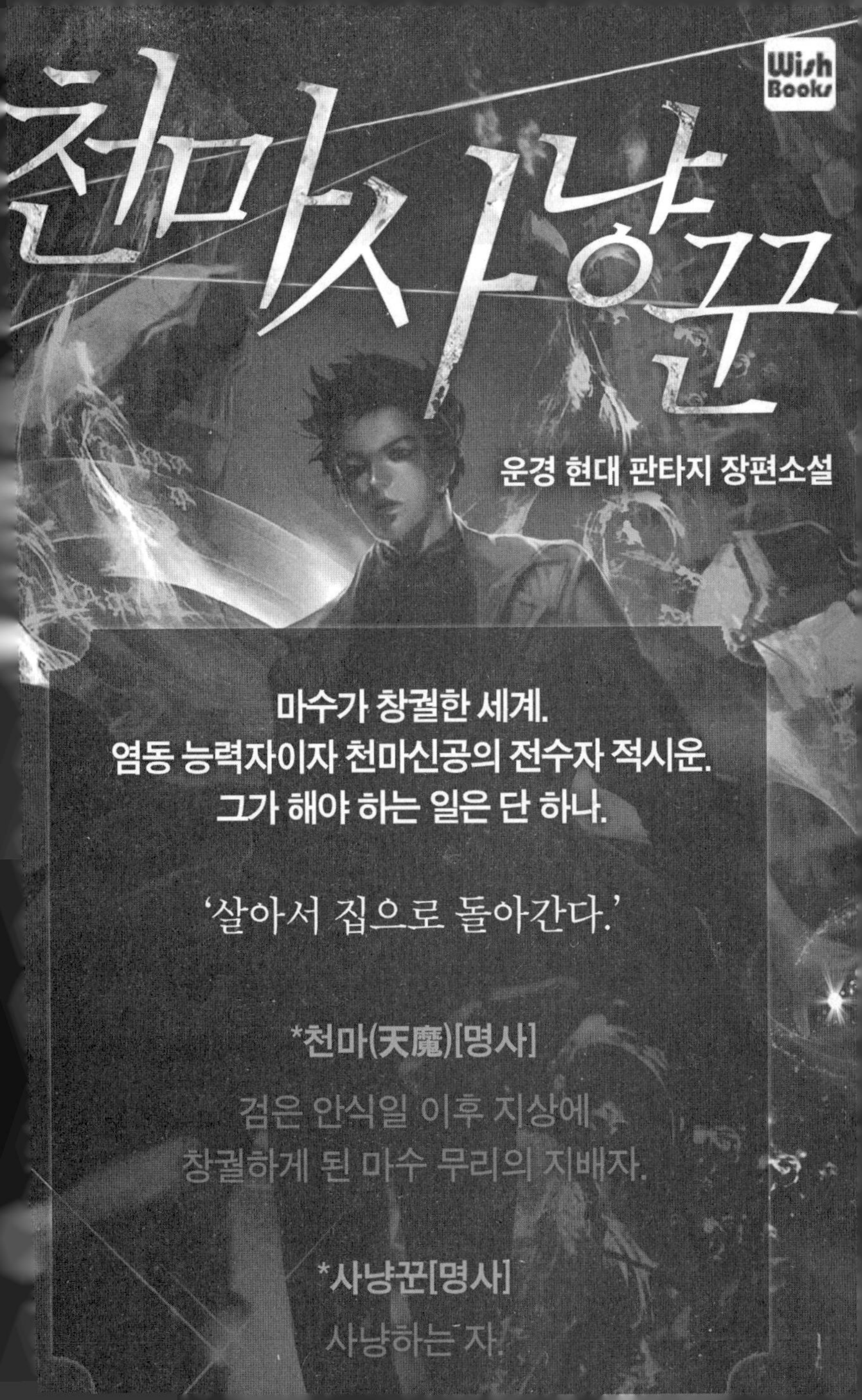
Wish Books
천마사냥꾼
운경 현대 판타지 장편소설
마수가 창궐한 세계.
염동 능력자이자 천마신공의 전수자 적시운.
그가 해야 하는 일은 단 하나.
'살아서 집으로 돌아간다.'
*천마(天魔)[명사]
검은 안식일 이후 지상에
창궐하게 된 마수 무리의 지배자.
*사냥꾼[명사]
사냥하는 자.

Flatter 퓨전 판타지 장편소설

Wise
Book

일천회귀록

사내는 강고하게 선언했다.
"다음 삶에서야말로 나는 너를 죽인다."

『기대하지.』

세상과 함께, 사내의 심장이 찢겼다.

20,000년이 넘는 세월을 살아 왔다.
히든 클래스 전직과 비기 획득도 지켜왔다.
모든 것에 지쳐갔다.
마황에게 죽임을 당하는 순간조차도.

바로 오늘, 강윤수는 999번 회귀했다.
죽거나, 죽이거나.

모든 클래스를 마스터한 남자의
일천 번째 삶이 시작된다.